U0606714

闻烟

辛酉——

著

作家出版社

图书在版编目（CIP）数据

闻烟 / 辛酉著. -- 北京：作家出版社，2016.7
　ISBN　978-7-5063-9048-4
（2017．5 重印）
　Ⅰ．①闻… Ⅱ．①辛… Ⅲ．①故事—作品集—中国—
当代 Ⅳ．① I247.8

中国版本图书馆 CIP 数据核字（2016）第 171787 号

闻烟

作　　者：辛　酉
出 品 人：高　路
责任编辑：丁文梅
监　　制：华　婧　姬文倩
特约策划：姬文倩
特约编辑：大　树
装帧设计：尚燕平
出版发行：作家出版社
社　　址：北京农展馆南里 10 号　　邮　　编：100125
电话传真：86-10-65930756（出版发行部）
　　　　　86-10-65004079（总编室）
　　　　　86-10-65015116（邮购部）
E-mail：zuojia@zuojia.net.cn
http://www.haozuojia.com（作家在线）
印　　刷：三河市北燕印装有限公司
成品尺寸：145×210
字　　数：140 千字
印　　张：8
版　　次：2016 年 10 月第 1 版
印　　次：2017 年 5 月第 2 次印刷
ISBN　978-7-5063-9048-4
定　　价：36.00 元

目录
content

卷一 爱别离

亲爱之人，乖违离散，不得共处，是名爱别离。

闻 烟 　　　　　　　　03

谎言识别器 　　　　　25

她和他 　　　　　　　51

三颗痣 　　　　　　　64

创可贴 　　　　　　　101

书 香 　　　　　　　128

卷二 怨憎会

世人薄俗，有爱亦恨，相爱相杀，遂成大怨。

路 灯　　　　　　　139

走夜路　　　　　　148

钢 锔　　　　　　　156

头盖骨　　　　　　162

神秘邮件　　　　　170

第四十九天　　　　177

卷二 求不得

心所爱，有所属，不能如愿，不得所求。

宿 命 193

相 亲 213

同学会 229

第三种可能 240

爱别离

卷一

亲爱之人，乖违离散，不得共处，是名爱别离。

闻
烟

　　我把制作冰晶糕所需要的材料放到灶台上之后，就识趣地退出灶房。在父亲工作的时候，那里是我的禁区。父亲一边咳嗽着一边慢慢走进灶房，"砰"的一声，灶房那扇老旧的铁门被父亲重重地关上，随后传来他在里面拉上插销的声音。我和父亲就这样被隔绝在两个世界，十几年了，这样的场景每天要上演一次。我早已习以为常，心里却多多少少还是有几分怅然。

　　我是同顺祥未来的继承人，又不是一个时刻准备偷师的小学徒，为什么就不能亲眼看一次冰晶糕完整的制作流程呢?

　　这是多年来我心里一直都有的疑问，父亲从没给过我满意的答复。不过，换个角度来思考这个问题，我又释然了。我是父亲唯一的儿子，他早晚都会把该传的都传给我的，我又何必着急呢!

在临溪镇这条最繁华的商业街，同顺祥已经存在了一百六十多年。店门正梁上的那块匾额早已斑驳得看不出本来的颜色，但用行书写就的三个繁体字"同顺祥"依然散发着特有的魅力。临溪镇有很多卖冰晶糕的店铺，同顺祥的名气最大，历史最悠久。准确地说，其他冰晶糕店都是同顺祥的仿版。父亲柳庭深是同顺祥的第七代传人，由于总爱咳嗽，人送外号柳咳嗽。我叫柳见三，是同顺祥的第八代传人。

我四岁丧母，父亲对我格外疼爱。在我心目中，他一直扮演着慈父的角色。从小到大，对于我的要求，父亲几乎有求必应。唯独在关上灶房那扇铁门的时候，他才会变得不近人情。我曾经有过几次耍脾气赖在灶房不肯走，每次父亲都像变了个人似的，虎着脸把我使劲推到门外。印象中，我们为数不多的几次争执，也都是因为这件事，我不知道这其中的原因。他口口声声说冰晶糕的制作方法已经全部授予我，可为什么还要这样呢？祖传秘方再神秘也是对外人说的，无论从哪个角度上讲，他似乎都没有理由这样对我。

算了，别去计较了。小说里、电视剧里的那些名师传人哪个不是历经九九八十一难外加岁月的充分磨炼。我常常这样安慰自己。

打记事起，我就知道自己是同顺祥的第八代传人。十五岁时，没熬到初中毕业，我就主动退学到店里帮忙。对此父亲只是淡淡地说了句："我不勉强你。"可能他也知道，无论我读多少书，最后的归宿还是同顺祥这一亩三分地吧。

我不是一个天资聪颖的人，却并不缺乏勤奋。跟父亲学手艺的日子是快乐的，尤其是刚开始的时候，至少从表面上看，父亲对我是倾囊相授的。用了不到一年的时间，我就能自己独立制作出冰晶糕。两年后，除了味道有欠缺外，从外形上看，我做的冰晶糕和父亲做的没有什么两样。我自以为只要再往前迈一步就能达到父亲的水平，万万没想到的是，一晃十几年过去了，我这一步却始终没能迈出去。

同顺祥冰晶糕说白了也是一种年糕，但它又不仅仅是年糕。冰晶糕的名字里有冰字，是因为冰晶糕吃起来是凉的，在过去相当长的一段时间里，它其实还扮演着冷饮的角色。晶字则因为冰晶糕通体晶莹剔透，犹如美玉。一块同顺祥冰晶糕，四厘米见方大小，正面印有"不见三"三个红字，从外观上看几乎透明，从背面反看"不见三"三个字同样纹理清晰可见，手感光滑如镜，口感冰爽怡神，略甜微黏却不粘牙。这些都是其他仿版冰晶糕所不具备的。

不管在原料还是在制作工艺上，同顺祥冰晶糕都有很多独到之处。据父亲的口口相传，同顺祥冰晶糕所用的米是黑龙江方正县产的黏米，先要经过人工磨粉，再加入一定量的白开水、白砂糖等十三种辅料，搅拌成黏稠状后揉成面坯，然后放在案板上不停地用两个手掌拍打。拍是一个功夫活儿也是一个技巧活儿，专业术语叫拍面。拍面在冰晶糕的整个制作过程中非常关键，只有面拍得好，将来做出来的冰晶糕才能透明且没有气泡。这还不是最重要的，从表面上看拍面的拍和朝鲜族打糕的打意思差不多，实际上两者相去甚远。从时间上说，打糕是蒸熟了再打，而拍面的时间是在面坯未下锅之前。从主要目的上说，打糕是为了黏才打，拍面则是为了下一步的充分吸油。

面坯拍好之后，要倒入一定比例烧熟的花生油。和米一样，在花生油的选择上也是有一定讲究的。必须是山东掖县（山东省莱州市旧称）的花生，而且油一定得我们自己手工压榨，磨粉和榨油是制作冰晶糕的两项基本功，学习这两项内容占据了我学艺最初的半年时间。

接下来就到检验拍面水准的时候了，花生油倒入后不需要任何人工搅拌，只要拍面的质量过关，面和花生油会在五分钟之内完全不露痕迹地合二为一。之后用专门的模具灌模，糕形出来后要上妆印字，接下来就可以下锅蒸糕了。蒸糕用的火得是炭火，木炭必须是山东德州出产的果木炭，之前的烧花生油也一样，必须用果木炭火烧。

同顺祥冰晶糕有一个最让人称道的地方，即入口之后会慢慢呈现出两种味道，一番冰爽甘甜之后，经过稍微咀嚼就会自动散发出另外一种独特的醇香，令人唇齿留香、回味无穷。而我做的只有前一种味道，开始的时候我以为是自己功力尚浅，时间久了自然会有所改进，等了十几年却迟迟没见那种醇香味出来。我搞不懂问题到底出在了哪里，多次向父亲询问原因，他总是这样敷衍我："两根一模一样的木炭，燃尽的时间却并不相同。同样的道理，经过我们两个人的手制作出来的冰晶糕，怎么可能完全一样呢？"这样的回答，又怎能让我信服呢？

小时候，头顶着同顺祥未来继承人的光环，我是临溪镇最幸福的人。长大后，尤其是到店里帮忙之后，我渐渐失去了小时候的那种幸福感。同顺祥冰晶糕上的"不见三"所代表的含义是：同顺祥一天只卖两锅冰晶糕。还特别规定每人最多只能买一斤。所以每天早上不到七点，同顺祥门前就排起了长长的队伍，八点半一开门，两锅冰晶糕会在十分钟内全部售罄，同顺祥全天的营业时间其实还不到十分钟。

限量销售的方式并不鲜见，很多知名老字号也有类似的营销手段。与之相对应的，必定是高昂的价格，可是同顺祥的价格却有些偏低。一斤才卖二十元钱，我们可以算一下，一锅十斤，两锅二十斤，一天总共进账四百元，刨去各种成本，一天净赚二百元，一个月下来才不过六千元的收入。店内只有我和父亲两个人，平均下来一个人的工资才三千元，在当下这个时代，这样的工资水平绝对算不上高。

在外人眼里，同顺祥一直是富有的代名词。实际上我后来才知道，同顺祥是纸面繁荣，经济实力只不过比镇上的一般人家略好一些罢了。这一点是我无法接受的，凭我们的实力不该如此，完全可以赚更多的钱。我一直都认为同顺祥仿版众多的一个主要原因是我们的产品数量过少经营时间过短，给了对方充分的生存空间。我曾经多次建议父亲，要么涨价，要么增加销售数量延长营业时间，或者与时俱进多开发一些新品种。父亲总是说："给别人也留口饭吃吧，再说了，我还想多活几年呢。"

父亲每天在店里的时间很有限，他大部分时间都在打牌下棋中度过。这种优哉游哉的生活方式我并不认同，我始终觉得，享受生活应该在充分的财富积累之后。在迷恋上打牌下棋之前，曾经很长一段时间，父亲有一项特殊的嗜好：烧果木炭。成天拿着秒表计算各种果木炭的燃烧时间，很难想象父亲从中能得到什么快感。即便如此，父亲也过得并不快乐。他常常眉头紧锁，一副心事重重的样子。可能鳏居的男人都如此吧，我一向这么认为。

作为助手，我的主要工作是采购原材料、磨粉、榨花生油。由于产量过少，和父亲一样，每天我也有大把的空闲时间。和父亲不一样的是，我没有浪费生命，把时间全用在对冰晶糕制作方法的研究上。既然父亲不告诉我，我就自己找答案。起先，我怀疑父亲在原料上有所保留，后来利用出去采购的机会，我偷偷拿着父亲做的冰晶糕到省城济南做检验，结果发现里面所含的成分、比例和父亲告诉我的完全一样。据此，我推断，父亲一定是在制作工艺上留了一手，很可能隐瞒了一道最关键的工序。

父亲平时很少喝酒，只有在母亲的忌日那天才会喝上两口。在我二十四岁那年的母亲忌日，父亲喝多了，他的话也随之多了起来，他问我："如果没有同顺祥，你自己能不能在这个社会上立足？"

我笑了笑，趁机说道："拥有同顺祥就一定能在社会上立足吗？您留了一手，不管我怎么做都做不出正宗的冰晶糕。"

父亲定定地望着我，他的眼神里透着些许无奈，似有话要说，嘴巴张了张又被他强咽了回去，他拿起一盅白酒，仰头倒进口中。旋即，父亲脸上的表情开始复杂起来，并且再一次欲言又止。那是迄今为止，我认为自己最接近真相的时刻，可惜父亲最后什么也没说。

"小悦那边还……咳咳咳……没动静吗？"

在禁锢了自己一个多小时后，父亲从灶房出来急切地问了我一句。他的整张脸都被汗水濡湿，他着急知道在医院待产的我妻子小悦有没有生产。

"早着呢，离预产期还有好几天呢。"我回答。

父亲不着急传给我手艺，却对我的婚事十分着急。自打我过了二十岁，父亲就张罗着给我安排相亲，几乎每个月都有一场。七年时间，一共相了七十八场，这充分证明了"同顺祥"这块招牌的吸引力，即便是从相貌到学历我都平凡至极，她们也都没有否定我。当然，这些女孩并不了解同顺祥的真实情况。我拒绝了前七十七个女孩，这其中有好几个女孩是父亲非常看好的，不过在我不停地摇头下，他只能无奈道："好吧，我不勉强你。"

第七十八个相亲对象是小悦，我一见倾心，她实在是太漂亮了，漂亮的女孩子谁不喜欢呢？父亲却偏偏不喜欢小悦，好在没经过太多的拉锯战，他就妥协了。他还是像我小时候那样，凡事尽量顺着我的意思。只要不涉及冰晶糕的制作秘方，他都是一个好父亲。

婚后两个月，小悦怀孕了，父亲一贯布满阴霾的脸上终于经常能看到阳光了，甚至连咳嗽的时候脸上也是挂着笑容的。他像供着神仙一样供着他自己并不喜欢的小悦，对小悦肚子里的宝宝，他这个爷爷比我这个爸爸还要上心，总是怕小悦磕了碰了出意外，离预产期还有十天就早早地把小悦撺到县医院待产。

"赶紧把冰晶糕送地窖里吧。"

说完后父亲就转身走了。

刚刚蒸熟的冰晶糕是金黄色的，还冒着热气，我双手端着，一股股热浪直往脸上扑。经过十二个小时的冷却之后，它们将神奇地变成水晶一样的颜色。

一个星期后，小悦生下了一个女孩儿，父亲给取名闻烟。闻烟出生的当天，父亲就将一则停业通知贴在同顺祥的大门上。同样的事情，二十八年前也曾发生一次。那次停业是为了庆祝我的百日，父亲包下了镇上最好最大的饭店风月楼，宴请全镇的父老乡亲，这是同顺祥的传统。在得知闻烟性别的那一刻，我原以为父亲不会再用这样的规格来操办闻烟的百日。因为生女孩儿对我们柳家来说，在某种意义上是一种失败。从父亲的爷爷那一辈开始一直到我，历四代而单传。我们柳家迫切地需要多几个男丁来延续香火。不幸的是，我和妻子小悦的头一胎就生了女儿。父亲却给了闻烟和我一样的待遇。

就这样，带着一点点遗憾的心情，我迎来了女儿闻烟的百日宴。风月楼的四层楼被闻烟的喜桌摆得满满当当的，一楼大厅设三十桌流水席宴请镇上的乡亲，二楼设五桌宴请柳氏宗亲，三楼设五桌宴请娘家客人，四楼设五桌宴请街坊四邻。父亲事先特别关照过，来吃喜宴的客人一律不许带红包。

喜宴的气氛祥和而又热烈，父亲坐在主桌上抱着小闻烟满面红光意气风发地接受各方的祝贺，嘴里的牙齿几乎全程暴露在外，脸上的皱纹因为过多的笑容又向皮肤里深入了一厘米。那种从骨子里散发出来的亲情始终洋溢在父亲的举手投足之间，平时很少喝酒的他竟然也破天荒地频频举杯，很久没有看到父亲这么高兴了，平日里他是一个阴郁的人。

如果闻烟是一个男孩儿，父亲会不会把整个风月楼都买下来呢？

看到父亲对闻烟的那种发自内心的疼爱，我忍不住这样想。

百日宴从上午十点一直办到晚上七点才结束，散席后父亲特意把几个年长的见字辈的柳氏宗亲请到家里开会。我对这些柳氏宗亲素无好感，前面提到过，在临溪镇有无数个卖冰晶糕的店铺，这些店铺的主人绝大多数都姓柳。他们有一个共同的祖先，在很多年前曾参与过同顺祥继承人的竞争。多年来，这些失败者的后代，因为我家人丁不旺，无时无刻不在觊觎同顺祥冰晶糕的制作秘方。其实有时候老天爷是很公平的，他们的祖先没能继承同顺祥，却一代接着一代繁衍得枝繁叶茂。

尽管我们同属柳氏后人，但从继承人的角度上讲却是旗帜鲜明的两派，我一直在暗地里叫对方夺权派。在闻烟的百日宴上夺权派们喜悦的心情不亚于父亲，这些年来，他们一直在关注我下一代的性别问题。

夺权派家族年龄最大辈分最高的人叫柳见中，自打我记事起，他就已经是一个头发、胡子花白的老头。我不知道他具体的年龄，只知道他有四个儿子，小儿子和父亲同岁，想来他该有八十多岁吧。从年龄上说柳见中绝对能做我的爷爷，可从辈分上讲我们俩同辈，我管他叫哥。柳见中是夺权派的头领，仗着自己年龄大，总找各种机会向父亲发难，父亲一直忍让。

父亲作为同顺祥的继承人，同时也是整个柳氏家族的族长，掌管着柳氏宗谱。柳氏家族平时很少开会，只有夺权派里又有男丁出生需要登记入宗谱的时候，才会一起聚到我家来举行一个入谱的仪式。夺权派喜欢用这样的方式来刺激父亲的神经，父亲还得奉上一笔不菲的新人见面礼金。我不知道这次父亲把他们几个请到家里开会要干什么。按照惯例，父亲坐在正厅中间的那把太师椅上。柳见中和另一个老人分居两侧。我是见字辈年龄最小的，抱着闻烟坐在两侧最末一排的椅子上。小悦依次给大家倒过茶之后就从我怀里接过闻烟退进卧室。

"今天召集大家来，是有一件事要通知大家，我要让闻烟入宗谱。"

一阵干咳后，父亲呷了一口茶，直接开宗名义。

"庭深叔，这个不妥吧，哪有女娃入宗谱的道理？"

柳见中声如洪钟，当即提出质疑，其他人马上随声附和。

"闻烟是一个特例。"

父亲不紧不慢道，酒精还没完全从身体内褪去，他的两个脸颊微微泛着红润。

"就因为闻烟是你族长的孙女儿？"

"不是。"

"那是为什么？"

柳见中步步紧逼。

父亲又是一阵干咳，等调整好气息后，用不容置疑的口吻道："我是在通知大家，不是在征求大家的意见。"

一向不愿多事的父亲这次却坚决得出奇，他的这句话犹如平地起惊雷，激起了夺权派的强烈反应，大家争来吵去最后不欢而散。说实话，我没想到父亲会有让闻烟入宗谱的想法，这的确不符合柳家的祖制。父亲并不是霸道不讲理的人，只能说他对闻烟的疼爱远远超出我的想象。

柳闻烟这三个字最终还是出现在了柳氏宗谱柳见三的名字下面。有些奇怪的是，柳字是父亲手写上去的，柳旁边的闻烟二字，是先写在一块小纸上，后粘上去的，那块纸看起来比宗谱上的纸还旧，和周围存在非常明显的色差。我没有去问父亲这是为什么，猜想可能父亲不会写闻烟这两个字的繁体字，从别的什么地方撕下来粘上去的。或者他故意用这种方式来区别闻烟是一个女孩儿。

晚上临睡前，我到父亲房里来为他敲背，这是保持了很多年的习惯。父亲有咳嗽的毛病，给他敲敲背夜里能睡得安稳一些。父亲坐在床边，我跪在他身后，两个手掌微微并拢呈空心状，然后轻轻地在父亲的后背拍着。父亲那为数不多黑白混杂的头发一览无余地呈现在我眼前。他的前额和头顶早就秃了，只靠两个鬓角和后脑勺的几缕头发勉强支撑着门面。小时候我给父亲敲背时总是会用上十成的力量，随着父亲年纪渐长，我手上力量越来越弱，父亲已经五十多岁了，咳嗽的频率越来越高，看起来真的老了。

"闻烟睡了吗？"

自从闻烟出生后，父亲见到我的第一句话总和闻烟有关。

在得到我肯定的答复后，父亲久久没再言语，直到我敲背快要结束时才又重新开口。

"三儿，从明天起，同顺祥就交给你了，我就在家帮着小悦带闻烟吧。"

我感到难以置信，正在敲背的手悬在半空中。

这算是第八代继承人正式上位吗？好像还少了点什么。没错，是那道神秘的工序。

"以我现在做的冰晶糕拿出去卖，那是在辱没先人。"我漫不经心地说了一句。

"你已经做得很好了。"父亲说。

"还差一种醇香味。"我说。

接下来是父亲的一阵干咳，我赶紧恢复敲背。不过我觉得他是在用咳嗽搪塞我，他习惯这样。果不其然，不再咳嗽了之后，父亲一直沉默没接我的话茬。我不觉有些生气，脑海里又闪过柳见中每次到家里来都会先问的那句话："我见三兄弟的手艺练得怎么样了？庭深叔可是二十岁就独当一面的，见三兄弟今年有二十好几了吧？"

每次听到这句话，我都会出离愤怒，这是我的错吗？父亲不该让我受到这样的屈辱。

"爸。"我忍不住提高了嗓音。

父亲却直接打断了我。

"三儿，别说了，照我说的做吧。你可以按照你的想法来经营同顺祥，我不会干涉。"

最后这句话是父亲对我的补偿吗？夜里躺在床上，我思索着这个问题。或者，父亲在等待一个更合适的时机把那道工序告诉我，也许会在他临终前。如果真是这样的话，我希望那一刻永远不要到来。没办法，我只能这样安慰自己。

我得到了同顺祥却并不开心，小悦倒是高兴得不得了。对父亲的经营方式小悦一直颇有微词，在很多理念上她和我是一致的。正式接管同顺祥后，在小悦的强烈支持下，我按照自己的意志在经营上做了很多改变。

首先，打破了过去只卖两锅的传统，变成了全天不限量，与之对应的营业时间也从过去的不到十分钟，变成从早八点半到晚八点半。

其次，涨价，每斤从二十元涨到三十五元。

第三，彻底改变过去品种单一的局限，又研发了多个新口味品种。

最后，打破了过去不允许请伙计的惯例，因为我一个人实在是忙不过来，请了三个伙计在店里帮忙。

用了不长的时间，这些改变就换来了巨大的经济效益，让我赚得盆满钵满。另一个重大收获是夺权派的店铺纷纷关门倒闭。他们愤怒地不断嘲笑我做的冰晶糕上不该印"不见三"，而应该印"丢一味"。我承认确实少了那种醇香味，可这又怎么样呢？虽然我做的冰晶糕不是正宗的，但也是最接近正宗的。在同等条件下，和我相比，他们的产品根本不堪一击。

柳见中们不干了，多次以我违背传统为借口到父亲那里告状。父亲不为所动，他兑现了自己的承诺，没对我做一点干涉。每天早晨一起床，他就坐在正厅的太师椅上，让小悦把闻烟推到他跟前，现在闻烟就是他的全部，他不再打牌下棋，天天含饴弄孙，尽享天伦。我们俩各行其道，倒也相安无事。

作为同顺祥的老板,我整天忙碌着,一味地追求各种数量上的叠加,不再有时间去研究那道神秘的工序。我认为自己是成功的,并且享受着这份成功带来的喜悦,暂时忘却了之前的苦恼。直到有一天晚上临近闭店时,店里来了两位外地游客。

那两位外地游客是一对姐妹,她们的爷爷出生在临溪镇,少小离家后再未吃过同顺祥冰晶糕。这次让出来旅游的孙女们一定要来临溪镇,买几斤同顺祥冰晶糕回去给他老人家吃。由于火车晚点,两姐妹到临溪镇时已经接近晚上六点。她们以为不会买到冰晶糕了,因为爷爷特别嘱咐过她们,一定要赶在下午三点前到达同顺祥,下午三点同顺祥就关门了,同顺祥冰晶糕上"不见三"三个字说的就是这个意思。

这是我第一次听说"不见三"还有另外一种含义,晚上关店后专门向父亲求证。

父亲顿了一下,之后缓缓说道:"她们说得没错,很久以前同顺祥是营业到下午三点之前的。"

"那'不见三'的真正含义到底是哪一个?"

父亲轻叹了一声:"这个我也说不好,或者各种含义都有一些吧。"

父亲含糊其词的回答无法让我满意,我忽然意识到,除了那道工序外,同顺祥还有很多事是我不知道的。

俗话说得好，物极必反。在我成为同顺祥老板的第三年，一家名为"伙计帮"的冰晶糕店在同顺祥对面开业，老板是我原先的一个伙计，他从我这里成功偷师，做出的冰晶糕几乎和我做的完全一样。

"伙计帮"的开业带走一大批客流，同顺祥受到严重冲击，我终于尝到了改变传统所带来的苦果。福无双至，祸不单行，就在这时，闻烟在一次发烧后查出患有再生障碍性贫血。与此同时，我从柳见中嘴里听到了"不见三"的又一种含义，他说："除了你父亲外，还没有哪个同顺祥的继承人见过自己的第三代，这是因为同顺祥的继承人是不能看到第三代的，否则两方必须有一方死亡，这是一个魔咒。"

见我不信，他又补充道："你父亲曾经亲口对我说过，在正式继承同顺祥后不久，他发现了一个可怕的秘密，这个秘密就藏在柳氏宗谱里。虽然他没明说秘密到底是什么，但我们都知道是那个'不见三'的魔咒。"

仔细想想，柳见中说得好像很有道理，我没见过我的爷爷，父亲也没见过他的爷爷。尽管如此，我还是不相信真有那个魔咒，又一次向父亲求证。

父亲先是缄口不言，后来在我的一再逼问下才说了一句："柳氏宗谱里确实有一个秘密。"之后就什么也不肯说了。

从此以后，小悦强行剥夺了父亲看闻烟的权利。父亲的生活一下子又黯淡了下来，他甚至比以前更郁郁寡欢了。

在高昂的医疗费面前，我和小悦这几年积累的财富显得那么微不足道。几乎一夜之间，我之前建立起来的成功感就烟消云散。为了让闻烟得到最好的治疗，小悦带她去了北京的大医院，我留在临溪镇赚钱供她们娘俩在北京的一切花销。闻烟的病治疗得还算顺利，仅仅过了半年就找到了合适的配型，并且配型成功。骨髓移植所需的手术费和后续的一些费用加起来一共五十万，这成了摆在我面前的一道难题。柳见中不失时机地提出负责闻烟的医疗费，但要用同顺祥冰晶糕的祖传秘方做交换，被父亲当场拒绝。

父亲拿出了四十万，我后来知道其中有二十万是父亲借的高利贷。父亲选择了重新出山，他没有改变我的经营模式，工作量比过去增加了 N 倍，他像陀螺一样连轴转，常常要忙到下半夜。他依然固执地在工作时拒我于灶房外。整整两年时间，父亲的背驼了，也更加苍老了。同顺祥对面的"伙计帮"毫无悬念地关门变成了火锅店。闻烟的病治好了，父亲却病倒了，他得了肺癌，仅仅过了三个月就离开了人世，父亲是带着微笑走的，他眼睛里最后的内容是闻烟健康活泼的身影。柳见中说的那个魔咒似乎得到了应验。

父亲至死都没告诉我那道神秘的工序到底是什么，不过，比起失去父亲，那道工序对我来说已经不重要了。

父亲的离去让我消沉了很长时间，在整理父亲的遗物时，我偶然发现了一张很旧的纸，上面是用繁体字写的冰晶糕制作方法，原来是老祖宗留下来的冰晶糕制作秘方。每一道制作工序都是两个字，依次是：……打粉、拍面、××、浸油、静置、灌模……

我注意到，拍面和浸油之间的位置是一个空洞，像是被人故意撕掉了。这很可能就是我先前一直寻找的那道工序，也很有可能是父亲故意撕掉的，他为什么要做得这么彻底呢？我很是不解。

这几年，为了给闻烟治病，小悦的精神压力很大，身体大不如前。即使是闻烟病愈后，在没采取任何措施的情况下，她的肚子也一直没再有动静。这成了夺权派新的攻击点，柳见中对我说："你没有男丁为后，没资格做族长，也没资格继续保存柳氏宗谱。"我早已厌倦了这种无休止的扯皮，决定把柳氏宗谱交给夺权派。

那天晚上，我拿出柳氏宗谱打算最后再看一次。一百六十多年来，我们这一支柳氏每一代存在于世的痕迹只有区区一行字：

第一代，柳净焕，字进先，己未年岩殁，卒年三十八岁。

第二代，柳章武，字炎兴，辛巳年岩殁，卒年四十二岁。

第三代，柳永和，字大通，癸卯年岩殁，卒年四十三岁。

第四代，柳隆昌，字景平，乙丑年岩殁，卒年四十三岁。

第五代，柳东根，字元太，庚寅年岩殁，卒年四十六岁。

第六代，柳至德，字乾明，戊午年肺癌故，卒年五十一岁。

第七代，柳庭深，壬辰年肺癌故，卒年五十八岁。

我在网上查了一下，岩殁是死于癌症的意思。癌症好像是我们家庭的遗传病，同顺祥继承人全是短寿，也许未来我也会这样。由于闻烟二字是写在一张小纸上后粘上去的，所以"柳闻烟"的名字在宗谱里显得格外醒目，吸引我的目光久久停留在上面。看着看着，我忽然觉得这张小纸的外部轮廓有些似曾相识。我赶紧找出祖先留下来的那张冰晶糕制作秘方，把空洞的位置对准闻烟二字平铺在宗谱上。结果发现两者竟然完全吻合，丝毫不差。原来那道神秘的工序就叫闻烟，我仿佛领悟到了什么，但还有很多细节无法厘清。我所有的脑细胞一下子活跃了起来，在制作第二天的冰晶糕的过程中，全都在思考这个意外发现，以至于烧花生油的时候走神了，直到油烧开后很久冒出了刺鼻的烟味才赶紧撤锅。

就在这时，我大脑里有一道电光闪过，我意识到自己已经知道闻烟这道工序到底是什么了。

我把油锅又重新放到火上，随着加热时间的增加，花生油不断冒出各种不同的烟味。以往我做冰晶糕时，只是把油烧开了即可，从未达到过这一步。我猜测，一定是油烧热到某种程度冒出某种烟味时，才真正达到火候让冰晶糕产生醇香味。这种烟味只能靠经验闻出来，但是在闻烟过程中会吸进大量有害气体给身体造成极大的伤害。父亲和爷爷都死于肺癌，前五代同顺祥继承人也很有可能是死于肺癌。后来我通过反复实验，印证了自己的猜测。我找到了那种烟味，也找到了那种醇香味。

我终于读懂了父亲，终于明白了他为什么给自己的孙女起名闻烟，为什么坚持让闻烟入宗谱。终于明白了藏在柳氏宗谱里的秘密根本不是那个所谓的魔咒，而是闻烟可以致癌。也终于明白了他为什么给我取名见三，明白了他独特的生活方式是用减少工作来延长寿命。又有谁不想多代同堂呢？这是一个普通人最正常的要求。但是父亲还有一个身份是传承者，他既希望自己的子孙后代能是健康的，又不得不考虑祖宗留下来的手艺该如何安全地、对子孙后代不造成伤害地传承下去，在子孙有难时，甚至不惜牺牺自己的生命。他尝试过用计算木炭燃烧时间来掌握烧油的火候，可无奈于每一根木炭都是不同的，他失败了。

有时候生活就是一道双选题，要么是 A，要么是 B，没有什么可以折中的第三个选择。父亲是痛苦的，在传承与放弃的两难境地之间，他最终选择了放弃，他把闻烟从祖传秘方里撕下来封存到宗谱里，自始至终都没有告诉我这道工序。也许父亲也曾有很多次想要告诉我真相，只不过他更清楚，贪婪会让自己的儿子无法理解这份良苦的用心。恍惚间，我仿佛又回到了二十四岁那年的母亲忌日，看到了父亲那张复杂的几近苦楚的脸。

我找回了同顺祥冰晶糕的那种醇香，但我会选择忘记它。在以后的日子里，我依然会按照自己以前的方法来制作冰晶糕，同顺祥冰晶糕将永远失去那种醇香味，却多了另外一种味道，那是一种叫作"父亲"的味道。

谎言识别器

小说《手拉手》的结尾是这样的：

……车尔尼雪夫斯基曾经说过："爱一个人意味着什么呢？这意味着为她的幸福而高兴，为使她能更幸福而去做需要做的一切，并从中得到快乐。"

小溪，你知道吗，每当我为我们的未来感到悲观绝望时，我总用这句话来安慰自己。我知道，分手是早就注定了的结局，但还是希望这一天迟一点到来。现在，这一天还是来了。我只想再对你说一句话："小溪，我的心永远都属于你，即使有朝一日，你不再爱我了，我也不怪你，我将永远在心里默默地为你祝福。"

小说《粉红》的开头和《手拉手》差不多，只不过转换了一下视角：

第一次见到柳文静，是在新生报到时，她有一个眼镜男跟班，全程帮她完成了新生报到的所有手续。后来我知道，那个眼镜男是她的男朋友。这并没有妨碍我对她的亲近，柳文静的英语很棒，不仅发音准而且声音悦耳动听，只要一有机会我就去找她朗读英语课文。从一开始，我对柳文静就有一种微妙的好感，随着时间的流逝，这种好感演变成一种遗憾，我遗憾自己为什么不是一个男人呢！

在心底里，我无数次默默地对柳文静说："我爱你。"却始终没有勇气当面说出来。还记得那是一个周日的黄昏，我和柳文静坐在北海公园的花草丛间朗读英语课文。柳文静读得很认真，我在一旁侧头专注地听着，她是那么美，恬静、温柔，令人陶醉。

"该你了，海迪。"

柳文静读完了，笑着提醒我。

我却脱口说道："我可以吻你吗？"

柳文静先是怔了一下，然后在淡淡一笑的同时微微颔首。于是，我们接吻了，我用双唇猛烈地吮吸着柳文静那肉感十足的舌头，我们的爱情就这样开始了……

《手拉手》主要描写了朱琳和小溪之间的女同之爱，作者名叫文姝，出版方为 A 出版社。《粉红》的作者名叫纪琳娜，小说的主线是海迪和柳文静之间的女同之爱，出版方为 B 出版社。这是我从事司法鉴定工作六年以来遇到的最复杂的一个案子，案件的起因是 A 出版社以《粉红》剽窃了《手拉手》一书具有独创性的构思、主要线索、故事情节、主要人物特征为由，向法院提起诉讼。B 出版社接到起诉后，反诉《手拉手》抄袭《粉红》。

《手拉手》和《粉红》有超过百分之八十以上的内容相同或者相近似，从而造成两本书在整体上构成实质性相似，几乎可以判定两者之间肯定有一方是抄袭者。不过，在实际鉴定过程中，要辨别出真正的抄袭者却并不容易。在出版时间上，《手拉手》出版于 2011 年 5 月，《粉红》出版于 2013 年 9 月；在网络连载的时间上，《粉红》从 2009 年 2 月开始在网上连载，《手拉手》从 2009 年 4 月开始在网上连载。虽然在网上《粉红》比《手拉手》早出现两个月，但是这两部小说每次的更新时间和更新字数都不固定。尽管每次更新的内容有时有重叠的情况，却也有很多不一样的内容。两部小说相似的情节有些是《手拉手》先更新出来的，有些是《粉红》先更新出来，呈交织状态，鉴定工作的最大难点就在于此。另外，这个案子还有一个特殊之处，两本书的作者都已死亡，是两家出版社在打官司。

离规定时间还有五天，我的鉴定报告一个字也没写，这不仅仅是因为鉴别难度大，还在于我在通读这两本书时，总是会沉浸其中，进而忘记自己的工作职责。每一次通读前我都会告诫自己，一定要抽身事外，可是，我真的做不到，我和班若之间的往事总是会自然而然地浮现出来。

2005 年，在某著名音乐选秀活动的海选现场，班若第一次出现在我的视线里：一头利落的短发，反戴着棒球帽，白 T 恤黑裤子，脚穿一双运动鞋，有点厚重的嗓音，一副大大咧咧的样子，很像男孩子却又有一种独特的气质深深地吸引着我。作为参赛选手，我和班若一路闯关，历经海选——复赛五十强——晋级赛二十进十——十进七——七进五，最终走到五进三这一关，只要能进入前三名，就可以代表分赛区去参加全国总决赛。但是非常遗憾，我和班若双双倒在三强之外。闯关失利的那天晚上，我和班若都喝醉了，酒精在我们俩的体内肆意沸腾着。第二天一早，我醒酒了，忽然发现音乐对我来说，已经不重要了，因为，我得到了班若。

班若没有放弃自己的音乐梦想，她凭借过人的音乐创作才华一步一步成了著名歌手。让我欣慰的是，无论成就多高，班若对我始终如初。在外人眼里，我们俩是好闺密，甚至连班若的经纪人和助理都不知道我和班若的真正关系。我们的爱并不为世俗所包容，在班若成为名人之后，我们爱得更加小心翼翼，不过，这都没关系，为了班若让我做什么我都愿意。在《手拉手》和《粉红》这两本书里，有太多相似的情感让我感同身受，使我无法站在完全客观的立场上去辨别一些东西。

接手这个案子一个多星期了，我始终被一种压抑的情绪笼罩着，坐在回公寓的地铁上，我脑子里一直在思考着和案子有关的事情，却得不出任何有价值的结论。于是，我把耳机插进耳朵里，用音乐来清空大脑。耳朵里的歌曲是班若的成名作《静候年华》，我不由自主地跟着节奏轻声哼唱起来：

> 风雪掠过眼角朱砂，
>
> 她眉目如画，
>
> 一袭薄衫执笔天下。
>
> 绿芽嫩柳只待晴夏，
>
> 杯酒围炉夜话，
>
> 浅尝心底清茶，
>
> 耳畔一曲清吟，

谁在梦里寻她。

离别的感伤，

相遇的欢喜，

那些安静的语言，

也不过信手拈来，

随心而已。

任流年破碎支离，

若不能相守，

便相忘于江湖，

各自安好，

静候年华。

　　班若的歌词写得很美，曲子谱得更是精妙绝伦，我崇拜她已经到了无以复加的程度。班若常常鼓励我也尝试一下词曲创作，她不止一次对我说："千万不要小看你自己，每个人都有自己不知道的潜能。"

　　提到创作潜能，我似乎还真有那么一点点，但凡班若新创作的歌，我第一次听只要听个开头就能自动哼出整首曲子，而且一个音符都不差，就好像我之前听过一样。这种神奇效果被班若定义为身魂合一之后的心有灵犀，我深以为然。的确是这样的，对于其他人的歌曲，我完全没有这样的音乐敏感。

想到这里，我忽然意识到了什么。没错，我的创作潜能只有班若的歌曲才能激发出来，《手拉手》和《粉红》的创作也许就是这种状态，两位作者一定看过彼此的作品，互相启发着进行小说创作。如果说我的创作灵感是一种单向激发的话，文姝和纪琳娜之间就是一种双向的创作灵感激发。我为自己的这个新发现激动不已，旋即又意识到新的问题。如果我的判断成立的话，就意味着文姝和纪琳娜在创作中都存在抄袭问题，这样的鉴定结论对两位亡者真的公平吗？

吃晚饭时，我把对这个案子的猜测讲给班若听，她有些心不在焉，听完后没发表任何评论。我知道班若有心事，这几天她一直闷闷不乐，她是一个喜怒哀乐全写在脸上的人，在我面前更是如此。我一直没问她原因，这是我的习惯，班若愿意告诉我自然会对我说的，不愿说也肯定有别的原因。我能觉到影响班若的那件事很严重，以前无论她情绪多差都不会影响到我俩的性生活，但这一次她似乎连和我亲热的心情都没有了。

临睡觉前，我从冰箱里拿出几罐啤酒放到茶几上，这是我们之间的一种性暗示。班若喜欢在亲热之前，让我陪她一起喝啤酒，我不胜酒力，往往一罐啤酒下肚后就醉得不省人事，任由班若为所欲为。换作别人，我会觉得这是一种非常变态的行为，但对班若，我心甘情愿，也许这就是爱情的力量吧。班若把那几罐啤酒又放回到冰箱后，就躺到床上睡觉去了，我见状只好悻悻地也钻进被窝里。

为了给抄袭案件一个公正、客观的鉴定结论，隔天上班时，我把全部时间都用来了解案件的其他背景信息，又了解到一个重要信息：文姝，女，1984 年出生于北京，已婚，2015 年 8 月 9 日在家中以跳楼的方式自杀身亡。纪琳娜，女，1985 年出生于湖北武汉，未婚，2014 年 5 月 19 日在去海南旅游时跳海身亡。

两位作者都是在没有任何征兆的情况下自杀身亡的，这里面会不会存在某种必然的联系呢？其他同事都已经到点下班走人了，剩我一个人坐在位置上思考这个问题，两声轻轻的敲门声打断了我的思考。

我起身去开门，只见一个看起来三十多岁的男人站在门前，男人额头上的抬头纹很深，加上一头杂草似的卷发，显得老气横秋的。一对小眼睛躲在两片酒瓶底似的眼镜片后面，呆呆地望着我。

"你是段云子女士吧？"卷发男问。

"我是，你是哪位？"我反问。

"我是文姝的丈夫，我叫郑卫平，你好。"

郑卫平边说边把右手伸了过来，我抬手轻握了一下就松开了。

"你有什么事吗，郑先生？"

"有些情况想和你说一下……"

郑卫平话没说完就被我打断了。

"郑先生，按照相关规定，在司法鉴定工作没正式结束之前，我不能与案件有关的其他人员接触，实在抱歉。"

说完之后，我正要关门，郑卫平却一闪身抢先一步挤了进来。

"给我五分钟就好，我要告诉你的事，会帮助你做出正确的鉴定结论，真的，请相信我，五分钟就行。"

郑卫平一脸的诚恳，用急切的语气央求我。

我迟疑了一下，用手指了指墙角摆放的长条沙发示意郑卫平坐下，郑卫平露出欣喜的神色，忙不迭地走到沙发前坐下来。

"你想要说什么就快点说吧。"我坐到郑卫平身旁后直接催促道。

"好的，关于《粉红》这本书和纪琳娜这个人，我曾经问过文姝，看没看过《粉红》？认不认识纪琳娜？文姝的回答是没看过，也不认识纪琳娜。"

"你是想说，纪琳娜是抄袭者吗？"

"不，我不是这个意思，我话还没说完，后来我辗转找到了纪琳娜，同样问了她这两个问题，纪琳娜的回答和文姝一样。"

"还有这样的咄咄怪事？难不成她们俩是不谋而合？这在逻

33

辑上讲不通吧？"我不相信郑卫平说的话，用质疑的口气反驳他。

郑卫平却反问我道："可以讲通的，你应该知道文姝和纪琳娜生前都坚决反对打这场官司吧？"

我点头道："是的，听两家出版社说过。"

郑卫平又反问我："你不觉得她们俩的反应很反常吗？"

郑卫平的连续反问让我很不舒服，但我也确实不知道该如何回答。

"你想说什么就直接说，别总来反问我。"我有些不耐烦。

"好，其实文姝和纪琳娜都是抄袭者，她们共同抄袭了另外一个人的作品。"

听郑卫平这么说我心里犹如平地起惊雷一样不平静起来，我一下子坐直了身子追问道："她们抄了谁的作品，作品叫什么名字？"

"这我不知道。"

"那你是怎么知道的这个消息？文姝告诉你的吗？"

"不，是我自己猜的。"

郑卫平的回答让我身体里刚刚兴奋起来的神经又瞬间冷却下来，见我不信，郑卫平又进一步说道："你仔细想一想，我的猜测是很有道理的。一定有一部这样的作品被文姝和纪琳娜共同看到，不同的是，她们俩一个是按原文照抄，另一个转换了一下文中的叙事视角。一定是这样的，只有这样所有的一切才都解释得通。"

我在脑海里简单梳理了一下这个案件，发现郑卫平说得似乎有些道理，但又很快发现了其中的漏洞。

"你说你问过文姝和纪琳娜，她们都说不认识对方，也没看过对方的小说，怎么能保证她们俩说的是实话呢？"

"我能保证的！"郑卫平几乎是从沙发上弹了起来，让我不得不仰视他，他的这个举动让我很意外。

"我能保证的，她们说的一定是实话。"郑卫平再一次强调并且提高了声调。

"人都不在了，你拿什么保证？"

郑卫平从裤兜里掏出一个白色长方形的、像 U 盘一样的东西递到我眼前，像煞有介事道："我拿这个保证。"

"这是什么？"我问。

"这是一个可以识别谎言的机器。"

郑卫平话一出口，我也跟着站了起来，我觉得已经没有必要和他再继续说下去了，他的精神状态很不正常。

"郑先生，我要下班了，实在没有时间听你的天方夜谭。"

说完后我不再理会郑卫平，起身到自己座位上去收拾东西准备下班。

"我知道你肯定不相信,刚开始的时候我也不相信,但是这个谎言识别器真的很灵的,我可以把它留给你,你试一下就知道了。"

耳边持续回荡着郑卫平的声音,我的心情被他搞得很烦躁。

"就按你说的,把它留下来我试一下,你现在可以走了吧?"我一心想把眼前这个神经病赶紧打发走,直接下了逐客令。

"好,我再最后说一句,你耐心听完,我马上就走。"

郑卫平把那个所谓的谎言识别器送到我眼前,似乎生怕我不认真听或者听不清楚,用非常慢的语速几乎一字一顿地告诉我谎言识别器的使用方法。

"说话的时候,把它拿出来,只要说话者说的话和实际情况不相符,在说话过程中,谎言识别器尾端的指示灯就会不停闪烁。但要记住一个前提条件,谎言识别器只能检验说话者本人亲身经历过的或者将要经历的事情的真实度。"

我耐着性子听完谎言识别器的使用方法后,郑卫平终于走了。临行前他给我留了一个联系电话,还郑重其事地把那个谎言识别器交到我手里。我感到可笑至极,郑卫平前脚走出门,我后脚就不屑地把那个谎言识别器随手扔到桌子上。

我正要离开座位,有一个人从外面推开办公室那虚掩着的半扇门,我抬头一看,站在门口的正是我们司法鉴定中心的张主任。

"还没下班啊，小段。"

"这就要走了。"

"快走吧，晚了又该堵车了。"

"好的，主任。"

"噢，对了，那个抄袭案的鉴定报告出来了吗？"

我略微停顿了几秒钟才回答道："哦……写得差不多了。"

说完后，我感觉到脸上一阵发热，因为我说了谎，鉴定报告上还是一个字也没写。不过，在说话的过程中，我意外地通过余光发现，桌子上那个谎言识别器的指示灯在不停地闪着绿光。

张主任又催促了几句要加快工作进度的话就离开了，我忍不住上前拿起谎言识别器仔细翻看了一番后，把它装进包里。

莫非它真是一个神奇的能识别谎言的机器？

坐在地铁上，我反复琢磨着这个问题，同时又仔细回味了一下郑卫平的那个猜测，越细想越觉得其实他说得非常有道理，文姝和纪琳娜很可能共同抄袭了同一部小说，我以前怎么就没想到呢？

班若是晚上九点多才回到公寓的，她一进门我就兴冲冲地拿着那个谎言识别器迎了上去。

我本想让她也看一看谎言识别器，可是一脸心事的班若没容我说一句话就抢先说道："我回来拿个东西就走。"

班若急匆匆地走进卧室，我紧随其后。

"这么晚了还要去哪儿啊？"我问。

"去见一下刘总，商量一下下周新专辑发布会的事。"

我注意到谎言识别器的绿光在手中一闪一闪的，眼前的一幕让我有些走神儿，没看清班若在床头柜翻出了什么东西。

班若把找出来的东西揣到上衣口袋后就径直往门口走，这次我没有跟上去，只是大声问她吃过晚饭没有，她没回答我就出门了。

班若在撒谎吗？我不愿相信，为了证实这个问题，也为了进一步检验谎言识别器的真伪，思量片刻，我决定跟踪班若。

班若的驾驶技术是我手把手教的，她在这方面的天分不高，学会开车四五年了，车技一直没有什么质的变化，即使是在晚上相对空旷的马路上，也不太敢开快车，这让我的跟踪并没有什么难度。跟了差不多一刻钟，班若开的大路虎在后海附近的一家酒吧门前停下，我乘坐的出租车也随即在不远处停下，不知道为什么，我已预感到班若向我说了谎，她要见的人并不是什么刘总。这家酒吧我并不陌生，班若没成名之前，我们租住的房子就在酒吧附近，以前班若经常来这里喝酒。

班若把车停好后却并没有下车，过了一会儿，一个人从班若车子经过时直接拉开副驾驶一侧的车门坐了进去。这一切，被出租车里的我看得真真切切，我仔细辨认了一下那个人的容貌：一对高颧骨,一口大龅牙暴露在空气里,塌鼻梁下挂着一个如蒜头般大小的鼻头。我太熟悉这张面孔了,此人正是我和班若以前的房东,因为酷爱唱歌成天在家引吭高歌,人送外号"帕瓦罗蒂"。

帕瓦罗蒂今年五十多岁,没结过婚,一直一个人生活,也没个正经工作,常年靠出租老辈留下来的几间房子维持生活。自从搬走后,我们和帕瓦罗蒂就没再有联系,班若见他干什么呢?又为什么要对我撒谎呢?

我看到班若从上衣口袋里掏出一张卡片状的东西递给帕瓦罗蒂,帕瓦罗蒂笑嘻嘻地接过后不住地点着头,两人嘴上一直不停地说着什么,我完全听不到。很快,帕瓦罗蒂下车走了,班若也启动了车子,看样子是准备离开了,我赶紧让出租车师傅先行一步,赶在班若之前回到公寓里。等班若回到公寓时,我半躺在床上双手捧着一本杂志佯装正在看杂志。

班若洗漱完毕后也上了床。

"亲爱的,看什么呢?"

我合上杂志把封面递到班若面前。

"哎呀,别看了,咱俩说会儿话吧。"

能看得出来,班若心情很好,似乎这段时间一直笼罩在她周围的阴霾已经散开了。尽管我有诸多疑问藏在心里,但还是放下杂志不动声色地和班若聊了起来。

"和刘总都谈什么了？"我问。

"也没什么，随便聊了聊。"班若回答得轻描淡写。

我现在已经基本相信了谎言识别器的神奇，此刻，如果从包里把它拿出来的话，它一定闪烁着绿光。

"你手上那个案子怎么样了，鉴定结果出来了吗？"

见我没再吱声，班若主动开口转移了话题，我把实际情况照实讲给班若听，但故意隐瞒了谎言识别器的事儿。班若对这个案子也很感兴趣，听完我的讲述后用她那本就十分强大的发散思维，继续做着推理。

"这样看来，文姝和纪琳娜的死绝不是自杀那么简单，很可能是那个真正的作者躲藏在幕后搞的鬼，这一切都是人为造成的。"

我："你的推理不无道理，但前提是先要找到那个真正的作者和那部文姝和纪琳娜共同抄袭的小说。"

班若："你未必能找得到。"

我："为什么？"

班若："我认识好几位网络文学大咖，据他们说，网络文学这个圈子非常乱，经常是抄袭者抄成名了，被抄袭者反倒是默默无闻，这时候很多抄袭者会通过各种方式让被抄袭者的文字在网络上消失，达到为自己洗白的目的。"

我："所以你才推断是那个真正的作者在暗中报复抄袭者，

40

对吗？"

班若笃定地点了点头。

事实果然如班若所料，第二天上班时，我动用了一切能用到的资源却在网上一无所获，找不到那个关键证物，一切只能是猜测，是不能写在鉴定报告上的。鉴定工作卡在这里，我不得不重新整理了一遍现有的资料，以期能从中发现一些新的线索。就在这个过程中，一个细节引起了我的注意，纪琳娜的自杀时间是2014年5月19日，文姝举行婚礼的时间也是2014年5月19日，这难道是巧合吗？

慢慢地，我的脑海里自动浮现出一个大胆的假设，我找来一张白纸，先在纸的正上方写上"人物关系对应图"七个大字，然后换行写：朱琳＝柳文静，再换行写：小溪＝海迪。《手拉手》和《粉红》的主人公其实是相同的，只是人物名字不同，视角调换了一下，这早就是公认的事实。接下来我在这两个等式的后面又分别填上了一个名字，使之变成这个样子：朱琳＝柳文静＝文姝，小溪＝海迪＝纪琳娜。这个假设如果成立的话，这个案子里一切不合常理的地方同样都解释得通，而且比郑卫平的猜测更具说服力。没错儿，文姝和纪琳娜都不是抄袭者，她们只不过是以她俩那场刻骨铭心的爱情为蓝本，用自己的视角分别写出了《手拉手》和《粉红》这两部小说。

想到这儿，我兴奋不已，这个案子总算有点透亮的感觉了。想证明这个假设成立并不难，毕竟两部小说几乎等同于作者的自传，和现实的契合度一定非常高。我顺着这个思路继续深入调查下去，发现自己终于找对了方向。比如在两部小说里，朱琳和小溪、海迪和柳文静都是在大四时，因为恋情意外曝光被学校开除。而在两本书的作者简介上只字未提两位作者的教育经历，我通过调查后发现，文姝和纪琳娜曾共同就读于北京某高校，而且是同班同学，大四时因为同性恋的事情被学校劝退，她们俩还有很多经历和小说里描写的一模一样。这个案子的鉴定报告，我终于知道该怎么写了。

兴奋之余，我想到了另外一个问题。郑卫平这个《手拉手》和《粉红》里都曾出现过的眼镜男为什么要故意对我说谎呢？在小说里眼镜男就知道真相，在现实中郑卫平不可能不清楚真实情况。不过，我很快就想明白了这个问题，郑卫平一直深深地爱着文姝，文姝是女同这个事实是郑卫平人生中最大的痛苦，在他的潜意识里，他多么希望文姝不是一个女同，甚至自欺欺人地宁愿让文姝背上抄袭者的恶名，也不愿意面对文姝是女同这个残酷的现实。尽管如此，我还是决定找郑卫平聊一聊。我拨通了郑卫平留给我的电话号码，约他下班后到我办公室来一趟。

晚上六点，郑卫平如约前来，我们俩还是坐在那个长条沙发上开始了我们之间的第二次谈话。

"怎么样，谎言识别器很灵吧？"郑卫平自信满满地问。

我面无表情道："的确很灵，你从哪里弄到的？"

"2013 年夏天去天津出差时，在火车上捡到的。"

"怎么发现它有测谎功能的？"

"也是偶然发现的。"

我从上衣口袋里拿出谎言识别器放到沙发上，然后对郑卫平说："上次咱俩见面时，你说你曾经问过文姝和纪琳娜一些问题，你现在就把那些话再重复说一遍。"

郑卫平一愣，嗫嚅着问："这是什么意思？"

我不想和郑卫平绕圈子，直接开宗明义地说道："你很聪明，先说了一堆谎话，再抛出一个表面上看似非常合理的猜测，最后才拿出这个能测谎的机器，这个先后顺序简直太完美了。其实整件事情的真相是：文姝和纪琳娜就是两部小说主人公的人物原型，她们后来被迫分手。文姝迫于家庭压力和你结婚，纪琳娜在你们举行婚礼的当天自杀，文姝一直活得很痛苦，一年后也自杀了。"

郑卫平听得很平静，也可能早就做好了会露馅的思想准备，在知道我的鉴定结论将严格忠实于事实之后，他心情郁郁地离开了。我本打算把谎言识别器还给他，却被他拒绝了。郑卫平告诉我，自从捡到谎言识别器之后他就失去了快乐，倒不如把机器留给我，对司法鉴定工作也会有一定的帮助。

班若的新专辑发布会如期举行，我的出席是理所当然的。发布会开始后气氛一直十分热烈，到了记者提问环节，班若坐在台上神采奕奕地回答着台下记者们的各种提问，我坐在观众席最后一排认真聆听着。

……

"班若小姐，像前几张专辑一样，您这一次又是一个人包揽了新专辑中所有歌曲的词曲创作工作，请问您巨大的创作力来源于何处？"

"我想还是要感谢生活吧，每当我找不到创作灵感时……"

班若在回答这个问题时，我不经意间低了一下头，发现身上穿着的白色真丝上衣口袋里有绿光透出，我知道口袋里的谎言识别器又一次发出了谎言提示。这让我陷入困惑之中，难道班若的创作能力有问题？不，这不可能，也许她只是没把真正刺激她创作灵感的东西说出来而已。这是很私密的东西，是不能对外说的。是的，一定是这样的。但是很快我就意识到自己的假设有一个可悲的地方，班若即便有这样的创作隐私，对我这个"内人"应该不会隐瞒的。

我的目光长时间停留在台上班若那一张一合的嘴巴上，只不过，她具体都说了些什么一个字也没传进我的耳朵里。

班若对我来说，似乎陌生了起来，这不免让我那颗小心脏隐隐作痛。

晚上临睡前，班若去浴室洗澡了，我一个人躺在床上发呆，我在考虑等一会儿要不要和班若好好谈一谈。就在我犹豫不决时，班若放在床头上的手机振动了一下，让我暂时停止了思忖。我伸手抓过她的手机，很随意地看了一下，是一条短信，发信人竟然是帕瓦罗蒂，点开后看到的内容更是让我错愕不已。上面写着：我琢磨了一下，八十万对你来说太小意思了。这样吧，你再给我五十万，这事就了了，我保证这是最后一次。我留了后手的，你要是不同意，那我就不好办了，你也了解我的为人。只要我拿到钱，我保证这次会彻底销毁所有证据，不会再有下一次。信不信由你，反正该说的我都说了，后天下午一点，你带着钱来我这里吧。大歌星，我这是在通知你，不要和我讨价还价。

这时，浴室里的流水声停止了，我知道班若快洗完了。我该怎么办？我的大脑在高速运转着。最后，我回复帕瓦罗蒂五个字：好的，后天见。回复发送成功后，我又用最快的速度抢在班若走进卧室之前，删除了这两条短信。

那一夜，我失眠了，用自己所有的脑细胞把班若和帕瓦罗蒂之间的事拼接出一个笼统的轮廓。班若唱的一些歌曲，真正的创作者是帕瓦罗蒂，帕瓦罗蒂以此来威胁班若，不给钱就公布真相。不过，这里有一个问题，印象中，班若所有的歌曲，我第一次听都是只听开头就能自动哼出全曲，这种默契只有和班若之间才有。如果有一些歌曲是帕瓦罗蒂创作的话，我第一次听应该哼不出全曲的，我始终都想不明白这个问题。

不过，我还是很庆幸自己在慌乱中对帕瓦罗蒂的短信处理方式是正确的，我要自己一个人替班若处理好这件事。

我按照约定时间来到帕瓦罗蒂的住处，眼前这栋筒子楼对我来说再熟悉不过了，我和班若曾经在这里住了整整五年。帕瓦罗蒂自己住在二楼最靠近楼梯口的一间房里，二楼还有四间房的产权属于帕瓦罗蒂，被他用于长期出租。我连敲几次帕瓦罗蒂家的房门，里面始终没有回应。我信手推了一下房门，发现门是虚掩着的。于是，我走了进去。

空气中弥漫着一股难闻的气味，有烟味，也有汗臭味和脚臭味，再具体的我也说不太清楚，总之是各种不好的气味混杂在一起。屋里的陈设和以前没什么变化，唯一的不同是电脑换成新的了，显示屏很大，看样子差不多有三十英寸。我漫不经心地踱步到显示屏前，被眼前的一幕惊呆了，显示屏上出现的是四格画面，镜头竟然分别对准了另外四间租房的床。我在一瞬间推翻了自己之前的那个猜测，原来帕瓦罗蒂偷拍了我和班若做爱时的画面，他是用这个来勒索班若的，这个无耻、龌龊的老家伙。

"怎么是你来了？"

46

就在我愣神儿的当口，帕瓦罗蒂从外边回来了，脚上趿拉着一双破布鞋站在门口问我。

　　我怒目圆睁，没作声。

　　帕瓦罗蒂倒是一脸坦然地走到我跟前。

　　"班若让你来的吧，钱带了吗？"

　　从帕瓦罗蒂那张龅牙嘴里发出的臭气令人作呕，我不禁掩鼻后退了两步。

　　"班若不知道我来这里，但钱我会给你的。"

　　我强压着怒火说道，顺手从上衣口袋里掏出谎言识别器拿在手里。

　　帕瓦罗蒂的眼神停留在我的脸上呈静止不动的状态，不清楚他在想什么，只看到最后他猥琐地笑了笑，又重新开了口。

　　"你可能还不完全知道这里面的真实情况，你看这样好不好，我来告诉你，你给我一百万。"

　　"什么真实情况？"我随口问道。

　　"你先说你同不同意我的建议。"帕瓦罗蒂的语气不容置疑。

　　我不假思索道："行，成交。"

　　随后，我和帕瓦罗蒂在交易时间及具体细节上达成一致，帕瓦罗蒂要先告诉我实情，待三天后我带一百万现金过来时，他再当着我的面销毁那些视频。帕瓦罗蒂信誓旦旦地再三保证，这次一定是最后一次，他保证把视频及其备份全部彻底销毁，也不会把知道的一切说出去。可是，谎言识别器反复闪烁的绿光告诉我他的话不足信，不过这并不重要，我自有我的办法对付他。我现在迫切地希望，帕瓦罗蒂赶紧告诉我事情的真相。

"现在这个社会，明星搞同性恋还算个事儿吗？有个词儿叫什么来着，'出台'，不对，叫'出柜'，不就是公开自己是同性恋的意思吗？当然了，我手里有你们干那事的视频，视频如果公开的话对班若肯定不好。不过话说回来了，丫头，如果你以为班若真正怕的是视频公开那就错了，视频里还藏着她另外一个秘密。"

说到这儿，帕瓦罗蒂颇为神秘地笑了一下，故意停顿了几秒钟才继续说道："其实，班若是一个小偷，她唱的那些歌全是从你那里偷的。"

帕瓦罗蒂的话让我有一种云山雾罩的感觉，我茫然道："我不明白你的意思。"

帕瓦罗蒂把我引到电脑显示屏前，他从电脑里调出一段视频给我看，画面里出现我和班若的镜头，帕瓦罗蒂快进了一段后停下，然后闪开身子把位置让给我。画面中的我明显呈醉酒状态，坐在床上自言自语，仔细观察后才发现不是自言自语，好像是在哼唱着什么，班若坐在我身旁一边专注地倾听着，一边拿笔在本子上做着记录。帕瓦罗蒂将电脑的音量调到最大，让画面里的声音无比清晰地跳进我的耳朵里，原来画面里的我哼唱的是《静候年华》的曲子。

帕瓦罗蒂在一旁提醒道："你注意看一下视频右上角的拍摄时间，再回忆一下班若写这首歌的时间，应该知道真相了吧！"

视频的拍摄时间是 2007 年 9 月 12 日晚上九点多钟，班若曾经在各种不同的场合都说过，《静候年华》的曲子是她在 2008 年 1 月 5 日二十五岁生日那天偶然的灵感迸发。

我被此情此景深深地震撼到了，渐渐地，《静候年华》的旋律从我耳畔消失了，取而代之的是班若常对我说的那句话："千万不要小看你自己，每个人都有自己不知道的潜能。"

我发现自己和郑卫平一样，得到谎言识别器之后就不再拥有快乐，有些谎言不知道远比知道好。我恨郑卫平把谎言识别器带进我的生活里，这个看起来像 U 盘一样的东西彻底毁了我的人生，它最终被我用尽全身力气扔进大海里。

当我再一次面对班若的时候，就像什么事都没发生一样。不对，严谨的说法应该是就像什么事都不知道一样。在我心里，班若永远都是原来那个班若。

三天后的早晨，我做了金枪鱼三明治放在餐桌上，那是班若最爱吃的早餐。她还没有睡醒，我穿戴整齐后伫立在卧室门口静静地凝望了她很久才出门。

小区的地下车库里，有一辆长年穿着车衣的本田CRV，它是当年班若送给我的礼物，今天我要开着它去替班若彻底解决那个大麻烦。

　　我驱车疾驰在马路上，两旁的景物一掠而过。七点五十一分，我把车停在离帕瓦罗蒂家不远的一个胡同口，然后步行来到帕瓦罗蒂家门前。我确定他此时一定不在家，每天早上七点半到八点半，帕瓦罗蒂都会到附近的一个小公园去吊嗓子。他还有一个习惯是在门旁墙上的奶箱后面藏一把备用的大门钥匙，为保险起见，我上次临走时又重新确认了一下。

　　轻松打开门后，我拿着一桶事先准备好的汽油走了进去。旋即，帕瓦罗蒂家就成了一片火海。我想，不管帕瓦罗蒂留了几份视频备份都会藏在这间房子里的，这是彻底销毁视频以及备份的唯一方法。我心里清楚，仅仅烧毁帕瓦罗蒂的房子还远远不够，只有让他永远闭嘴才能真正解决问题。为了班若，我做什么牺牲都在所不惜，正如车尔尼雪夫斯基说的那样："爱一个人意味着什么呢？这意味着为她的幸福而高兴，为使她能更幸福而去做需要做的一切，并从中得到快乐。"

　　我坐在启动好的车子里静静地等待着，不一会儿，就从后视镜里看到帕瓦罗蒂慌里慌张地从远处跑来，当他经过车前的那一刻，我狠踩了一脚油门加速冲了上去……

她
和
他

（上）

2002 年，深秋的一个夜晚。

一辆 708 路公交车疾驰在夜色中，一辆出租车紧随其后。到了西山水库站，乔风和我一前一后分别从公交车和出租车下来。乔风在前面行色匆匆地过马路，怕他发现我，我低着头悄悄地跟在后面，和他保持着二十米左右的距离。

没错，我在跟踪。半个小时前，下楼买零食的我，意外发现消失了半年的乔风坐在一辆 708 路公交车上。说实话，我不确定眼前的这个乔风是人还是鬼，只想知道他要去哪里。

我和乔风是在自考辅导班认识的，辅导班上的同学来自社会各个阶层，年龄、性格、身份背景差异很大，只是在下班后交集在辅导班一两个小时。当时我懒得去上课，就想找个听过课的人帮我画重点。对于年轻并且还算貌美的我，年龄相仿的男生往往没有多少免疫力，所以为了提高学习效率，我把目标锁定在了听课认真的男生身上，通过两节课的观察，我选中了乔风。事实证明我没选错人，每次下课后的当天晚上，乔风都会准时给我打来电话，告诉我重要的上课内容，在电话里乔风讲得既全面又详细，常常让我产生坐在教室里听老师讲课的错觉。

为了表示我对乔风的感激之情，每个月我都会请他吃一次饭，他每次都会再回请我一次，一来二去，我们成了情侣。乔风生性木讷，不善于表达，我们俩在一起的时候，一般是我主说，他主听。和他在一起我很开心，到后来，我会选择去辅导班和乔风一起上课，下课后一起坐公交车回家。

乔风的步伐很快，我差不多是用小跑的节奏才能跟上他，好在他一直没回头。一阵急促的秋风吹过，我不由得打了一个冷战。脑海里自动浮现出和乔风第一次牵手时的场景，那天我们一起去友好广场进步电影院看电影，那是我们第一次看电影，影片是《和你在一起》。在潜意识里，我一直觉得情侣在看电影时即使没有亲昵的举动，也应该有相对热烈一点的互动交流，事实上我和乔风之间什么都没有，他几乎从头睡到尾。我搞不懂乔风怎么会困成这个样子，到电影快结束的时候他的鼾声已经响彻整个影厅。

我又气又恼，扔下乔风一个人跑出了电影院。正准备过马路时，乔风追了上来，他一把抓住我的手腕，不停地向我赔不是。我扬起胳膊要挣脱，手却被他顺势握了个结实。这是我第一次感觉到乔风掌心的温度，没有一点热度，冰凉冰凉的，男人的手不应该是这样的，让我一点安全感都没有。

越和乔风深入接触越能感受到他的嗜睡，除了上课外，他能在其他任何时间睡着，坐公交车时、吃饭时、公园座椅上聊天时，他无所不睡。有一次，因为脸上总长痘痘，治了很久没治好。乔风带我去熊岳西八三找一位老中医看病，返程的时候遇到了大暴雨，我们没能赶上回大连的火车。见天色已晚且大雨倾盆，我们只好找了一个旅馆住下。

身在异乡，夜深人静，同处一室，情侣之间自然会发生些什么。虽然事发突然，但我在进到房间的那一刻就已经做好会发生各种事情的思想准备。房间里只有一张一米五的小床，乔风让我在床上睡，他自己在沙发上睡。我没跟他客气，心想着看你能坚持到什么时候。乔风几乎是刚躺下就响起了鼾声，我连忙叫醒了这个不解风情的家伙。

"乔风，给我讲个故事吧，我害怕。"

"我哪会讲故事呀，要不我给你讲一件真事吧……"

随后乔风讲了1999年"11·24"海难发生时，一对情侣在船上和陆地之间进行的最后一次通话。乔风讲得很感人，却有些恐怖，我原以为他是故意用这种方式来吓唬我，然后……现实却是他还没全讲完就进入了梦乡，并且一觉睡到大天亮。

乔风转弯了，我听到远处有狗叫声，西山水库附近属于城郊，尽是农村小院土坯房，望着脚下看不到尽头的土路，我有些不敢跟了。这么晚了，乔风到这个穷乡僻壤来做什么？一番思想斗争后，我还是决定跟上去。跟着转弯后，看到乔风的身影已经变得非常小了，连忙跑着追上去。

发现乔风的不寻常是一个偶然，那天我们像平时一样，下了课后一起坐 101 路公交车回家。乔风家住在北京街，每次都是他先在北京街站下，我一个人坐到马栏广场站下。那天乔风下车后，我发现他的书落在我的包里，看车刚起步，我急忙让司机停车，自己也下了车。追上乔风把书还给他时，我看到他脸上的表情有些不自然。我觉得很奇怪，在和乔风告别后又悄悄跟了上去，没几步就跟丢了。我不敢相信自己的眼睛，乔风几乎是在我眼皮子底下消失的，我必须要搞清楚这件事。我从没去过乔风家，只知道他家住在市政府后门对面的那幢楼。

在乔风家楼下有一个 IC 卡电话亭，我插上卡打算给乔风打个电话，拨打了几次都显示正在通话中。说起来乔风家的座机也是奇葩，我还从未打通过。有好几次，几秒前还是占线状态，几秒后就无人接听了。对此，乔风的解释是他家的电话机有毛病，只能拨不能接，修一修或是换部电话机就好了。看来还是没修好，正当我无奈地准备把听筒放回 IC 卡电话机上时，忽然发现电话机屏幕上显示的本机号码有些眼熟，仔细一瞅，发现竟然是乔风家的座机号。难怪电话一直无法接通，我气愤不已，觉得乔风必须得给出一个合理的解释。遂径直走进那幢楼里，结果却令我大跌眼镜。我遍寻整幢楼也没见到乔风的人影，打听了很多人都说没有乔风这个人，不过，三楼有一间空房子，以前住着一家三口，1999 年在"11·24"海难中全部丧生，一家三口中的那个儿子似乎和乔风很像。

我没想过最后会得到这样一个结果，也不愿意相信这一切。第二天，我先是去了乔风的单位，结果查无此人。后又去了辅导班查了学员名录，结果同样没有发现乔风的名字。我不自觉地又想起了和乔风牵手时，他手上的那种透心凉。同时，我猛然回忆起在辅导班时，乔风好像只和我说过话，其他人似乎看不到他的存在。莫非和我交往的乔风其实是个死去的人？重要的是，从那以后，乔风就消失了，这在某种意义上证实了我的判断。我蒙了，觉得浑身不自在，整天处于焦躁之中，直至半年后的现在。

跟在乔风身后走了差不多十分钟，远远地看见他走进一个类似公园的地方。真是奇了怪了，这个地方竟然还会有公园，带着满腹的狐疑，我来到公园正门前，抬头定睛一看，只见正门上面写着四个大字"隆兴墓园"。

我没有继续跟下去，而是选择落荒而逃。乔风真的再也没有出现在我的生命里，我原以为他会永远消失，没承想，五年后的一天……

（下）

2002年，初春的一个午夜。

如果不是和师父喝了点酒，我想我一辈子都不敢跟踪眼前的这个黑影。我是一家墓园的更夫，在墓园工作的这两年，有好几次，我在巡夜时看到有黑影在园区内游荡，每次我都赶紧逃回值班室。因为师父曾经对我说，人死后，灵魂会先于身体来到墓地，半夜里在墓园游荡的那些黑影就是死人的魂魄。黑影出现后的一两天内必定有新"居民"入住墓园。

这座墓园依山而建，脚力好的年轻小伙子，从山下的A区爬到山顶上的D区大概需要半个小时。可眼前的黑影移动速度却快得出奇，我跟起来相当吃力，要不是对园区地形比较熟悉，我恐怕早被甩掉了。用了不到二十分钟的时间，黑影就来到了D区松柏园门前，看来还真是个非人类。

初春时节的东北依然寒冷，夜里的风格外凉，吹在脸上特别不舒服。一晃眼的工夫，黑影闪进了松柏园。我却踌躇在原地，我本就有些畏寒，让冷风这么一吹头脑清醒了不少。我在犹豫自己要不要继续跟下去，刚才一直跟着完全是无意识的行为。还真应了那句话，酒壮怂人胆。这要怪师父，我说过不能喝酒的，他偏要劝我喝。也怪我自己心情不好，我一直深藏的秘密被女朋友佳佳发现了。我不知道该如何面对她，也不知道她会怎样发落我。

算了，已经跟了这么久了，索性进去看看黑影到底要干什么。打定主意后，我用小碎步快速无声地进入松柏园。松柏园里高低错落着成排的松树，每棵下面都有一个墓穴。有的松树下有墓碑，有的松树下空空如也，那是还未销售出去的墓穴。还有的松树下是一个泥坑，坑上用石板覆盖着，那是还未去世的墓主提前购买的墓穴。密密麻麻的松树严重影响了视线，那个黑影一下子没了踪迹，我不敢打开手电，生怕打草惊蛇，惹来杀身之祸。就在这时，耳边传来像是移动重物的声音，循声辨认，确定声音是从最后一排的双穴区传出来的。我弓着身子，蹑手蹑脚地挪到双穴区，看到那个黑影正背对着我蹲在一棵松树下不知道干着什么，我感到浑身上下血脉偾张，酒精已经从体内彻底蒸发出去。我悄悄地转到黑影的侧面，利用一棵松树做掩护，准备一探究竟。

光线实在是太暗了，这个夜晚的月光太过微弱，我无法看清黑影的样貌和具体在做什么，只能模模糊糊通过声音和黑影的动作判断，他在挪石板。不一会儿，石板被挪开了。我听到有哗啦哗啦的声响，黑影好像掏出什么东西放到泥坑里，然后又把石板重新盖了上去。接着，黑影意欲起身，却试了几次都没能起来，似乎被什么东西牵引住了。我的心已经提到了嗓子眼，不知道接下来会发生什么。好在黑影最终还是起来了，以迅雷不及掩耳之势消失在我的视线里。我又等了差不多十分钟，才起身来到黑影刚才待过的那棵松树下。挪开石板后，发现有一个塑料包裹，包裹包了好几层，慢慢打开后，我看到里面是一些粉末状的物体。

坏了，我打开了一包骨灰。我顿时乱了方寸，赶紧把包裹胡乱包好放回泥坑，盖上石板后，又在上面磕了三个头。我想赶紧离开，却发现自己竟然站不起来了，感觉有一只人手从后面紧紧拽住了我。我大脑一片空白，下意识地伸手朝身后拍打着，不料，却摸到了一根树枝，原来是被一根树枝挂住了外衣，我长长地舒了一口气。即便如此，我还是想迅速离开这个鬼地方，我不能使蛮力直接起身，那样容易彻底挂坏衣服，干脆伸手摸索着掰断了那根树枝。

当我跑回值班室时，师父还在床上呼呼大睡。他的鼾声不大，却很有节奏。每次喝完酒，他都会不省人事地睡到天亮。即使不喝酒，我们俩的班也是他睡得多，我干得多，谁让他是我师父呢，我从没介意过。屋子里还是有一股酒味，我已经顾不上这些了，脱下外衣，把仍然挂在上面的一截树枝拿下来。那根树枝不仅挂破了我的衣服，上面还挂着另外两块碎布，靠近外面的是黑色的，靠里的是蓝色的，我想应该是那个黑影刚才留下来的。看着看着，我忽然觉得那块蓝色碎布有些眼熟，没错，和我工作服的颜色完全一样。这时，师父在床上翻了个身，把后背留给了我，我发现他工作服下缘缺了一块。我仿佛意识到了什么。

　　几乎在同时，我注意到自己手上有一些白色的类似面粉的粉末，是打开那包骨灰时不小心留下的。不过，我要纠正刚才的一个错误，我可以百分之百地肯定那一定不是骨灰，人骨灰绝不是白色粉末状的。我恨自己在恐惧面前竟然会出现这种低级的大脑短路，就算是真正要入骨，也不应该是在深更半夜偷偷进行的，这不符合常理。可是，这里面还有很多事我不知道答案。于是，我又悄悄来到松柏园，我本打算把包裹里的粉末拿回来看看到底是什么。但是，现实却给了我一个天大的意外。当我再次挪开石板时，发现那个塑料包裹不见了。变成了一个皮包，里面装着三万块钱……

　　我没有勇气去找佳佳，我始终都想以最理想的身份、最佳的状态来面对自己的爱人，所以，当原本那个高大完美的形象崩塌时，在佳佳面前我无地自容。佳佳也没来找过我，想来她对我也是失望至极吧。我们的爱情就这样结束了，我很不甘心，一直努力在各个方面完善着自己。我希望有朝一日，自己能真正拥有那种一直梦寐以求的理想状态，重新站在佳佳面前。

五年后，我成了有钱人。不过，我自知还少了些什么，一直在努力等待着。可是，一场突如其来的变故让我不得不选择主动去找佳佳。

我没去过佳佳家，只知道她家住在马栏广场附近的某栋楼里，具体几楼几号也不清楚，我们相处的时间本来也不长。当我来到佳佳家楼下时，看到有一个胖女人趿拉着拖鞋坐在门洞口。

"大姐，请问程佳佳住在几楼几号？"

胖女人从凳子上缓缓站了起来，脸上和肚子上的大块赘肉也跟着颤了颤，露在外面的小臂像两个大号的棒槌，给人一种肥腻的感觉，目测她的体重没有二百斤也得一百八十斤以上。胖女人没回答我的问话，而是用一双被肥肉挤得几乎要失去位置的眯缝眼直勾勾地望着我。我又重复问了一遍，胖女人依然如故。我有些奇怪，和胖女人对视了起来。不一会儿，我看到有泪水从胖女人的眯缝眼里涌出来，我更加疑惑了。这时，胖女人开口了。

"程佳佳不住在这里，她家住在这栋楼后面的那片棚户区里。"

尽管胖女人是带着哭腔说的这句话，尽管过去了五年，但我

60

还是一下就听出这个声音是属于佳佳的。我身体里所有的细胞都开始沸腾起来，不自觉地向前迈了两步，来到胖女人的跟前，仔细审视起她来。胖女人的情绪渐渐激动起来，脸上的泪水像珍珠一样一串串落下来。嘴上自顾自地说个不停。

"如果不相信，你可以往她家打电话。不过，我可以告诉你，你永远都不会打通的。因为她家根本就没有电话，她家所谓的电话是一部公用的 IC 卡电话。

"她也不是什么信托公司的职员，她只是一个快递公司的快递员。哦，对了，她还有一个身份，到了夜里，她是一名墓地更夫。"

我脸上火辣辣的，像被无数个小鞭子不停地抽打。

"在她高二那年，她的妈妈被查出得了尿毒症，本就不富裕的家境从此变得越来越困难。她放弃了读大学的机会，省吃俭用，想尽一切办法赚钱为妈妈治病。

"为了既省钱又能读到书，她自己伪造听课证去辅导班听课，买别人用过的二手教材……"

"佳佳，你别说了。"

我忍不住打断了胖女人，不，她是佳佳。虽然我不愿意把眼前这个虎背熊腰的市井悍妇和原来那个身材曼妙婀娜多姿的佳佳画等号，但是我必须得承认，她就是佳佳。

"佳佳，你怎么变成了这个样子？"

佳佳止住泪水，苦笑了一下。

"乔风，看到我现在的样子你很失望吧！"

我不知道该如何回答，只能沉默以对。

佳佳接着说道："不只你有虚荣心的，我也有。乔风，你知道当初我为什么不愿意去辅导班上课吗？因为我不愿意带着一脸痘痘去见人。当年我本来是打算去找你的，但是就在那个时候我脸上总长痘痘的原因被找到了，原来我得了一种叫作多囊性卵巢综合征的病，随着治疗的深入，我变得越来越胖。我不允许以一个连我自己都讨厌的面孔去面对你，刚开始我曾经想过，只要病好了，身材恢复了就去找你。现在想想，我太天真了……"

曾经幻想过无数次与佳佳重逢时的场景，却没有一次和眼前的情景相同。如果在影视剧或者小说里，这个时候我应该把佳佳揽入怀中，告诉她不管她变成什么样子，我都不介意，这才是最完美的结局。事实上，我的选择是转身默默走开。这是一个最现实最世俗的选择。我深知这么做必将深深地刺痛佳佳本就伤痕累累的心灵，但我别无选择，只能如此。我想，以这样的形象离开，对佳佳的伤害才是最小的吧。

五年前，师父利用墓地做掩护进行毒品交易的秘密被我发现后，面对巨大的经济利益，我没能抵御住诱惑，被师父拉下了水。这五年间，有很多次我都想收手，可现实情况却不允许我那么做。

我终究还是遭到了惩罚，师父被抓了，我也很快会被公安机关带走。我只想再见佳佳一面，否则我这一生就再没机会见到她了。

"同学，能帮我一个忙吗……"

我的脑海里，又一次不由自主地浮现出当年佳佳第一次和我说话时的场景。唉！如果能回到那个时候该多好！

三颗痣

　　一双玉手拿着剪刀和梳子在我的头发间上下翻飞着，留了多年的长发就这样一缕缕地告别了它们的"母体"，镜子里的我渐渐陌生了起来。落发的主人叫吴凡，也就是我。玉手的主人叫阿霞，可能是这个名字吧，我是从"阿霞理发店"这个店名来猜测的。新千年都过去十几年了，这个店名好像还停留在二十世纪八九十年代。可我就是喜欢到这里来做头发，至于原因，有点特殊，因为阿霞是一个沉默的人。每一次做头发除了必要的问话外，她不会多说一句话。就像刚才，当得知我要把一头秀丽的长发全剪短时，她一句话也没说，甚至脸上没有任何表情变化，只是轻轻点了点头。她的这种性格很对我的胃口，而且理发店一直都只有她一个人在打理，很安静。我喜欢清静，喜欢发呆，喜欢闭上眼睛什么都不去想，尤其是现在。

在我座位后面的墙上挂着一个很大的电视机，通过面前的镜子我能看到电视上播放的内容，是泰国电影《初恋这件小事》，我很早以前就看过。阿霞似乎看得很投入，时不时转头看上两眼。说实话，《初恋这件小事》这部电影确实不错，但能让已近徐娘半老的阿霞这么感兴趣，还是让我有些意外。

要开始打理刘海了，阿霞也终于转到了正对我和电视机的一侧，她也不用转头就能看到电影了。此时，电影演到了高潮，男主角阿亮在插曲《会有那么一天》的伴奏下，翻开了那本记录女主角小水各种瞬间的摄影集。我闭上眼睛欣赏着这首好听的歌曲，时不时地有碎发擦脸而过。突然有一大缕头发落到了我的鼻子上，同时听到阿霞"呀"了一声，我睁开眼睛看到镜子里的自己刘海靠近正中的位置缺了很大的一块。

阿霞面露难色："真对不起，这可怎么办呀？"

我淡淡地说道："没关系，那就都剪那么短吧。"

阿霞还愣在那里，有些不知所措。

我接着说道："就按我说的弄吧。"

阿霞睁大双眼意外地问："这，行吗？"

我："可以的，不就是脑门儿大了点儿吗？呵呵，等把电影看完再给我弄吧。"

阿霞很感激地说："谢谢你，不好意思啊，以后我免费给你做头发。"

不一会儿，电影演完了，阿霞重新起身为我做头发。也许是她还沉浸在剧情里，也许是我之前的宽容让我们俩的关系亲近了许多。阿霞竟然主动开口说道："还好，阿亮和小水最后走到一起了。"

我打趣道："能让你走神儿，难不成这部电影的某些剧情有你的影子？"

阿霞苦笑了一下："唉！要是有就好啦，阿亮和小水即使最后没在一起也没有什么可遗憾的，至少他们俩都向对方表露过心迹了。很多时候，我们连这样的机会都没有的。"

我漫不经心地问了一句："是在说你的初恋吗？"

场面瞬间沉寂，阿霞的手也停了下来，好半天没再有动作。我抬头看了一眼镜子里的她，她的眼神有些呆滞，就好像灵魂已经游离出身体之外似的。此情此景忽然让我产生了一种很强烈的倾听欲望。

我说："要不，说来听听？"

这句话把阿霞拉回到现实世界，她的目光里露出一丝光芒。

阿霞莞尔一笑："那是很多年前的事了，1995 年，我刚从老家来到大连，在一家美发店里做小工……"

挂钟上的时间指向九点，要关店门了，这一天就这样过去了，杰还是没有来。回到宿舍洗漱完毕后，我攀爬上属于自己的那个小上铺，墙上挂着一本挂历，翻开的那页上 19 到 26 的数字都被画上了问号，我拿笔在 27 上又画了一个问号。

"我闭灯了。"床下的小美姐关完灯之后迅速钻进对面床的下铺里。很快，小屋里响起了鼾声，可我却一点睡意也没有。

"杰是怎么了？已经一个多星期了，他不会出了什么事吧？"

我的脑海里全是杰的身影，我没有刻意地去想，但自然而然地，杰就会出现在那里，这是我自己控制不了的事情。

说来可笑，我没和杰说过一句话，也不知道他到底叫什么名字，杰是我在心里自己给他起的名字。他是个高中生，不知道具体的年龄，看样子和我差不多，也不知道他住在哪儿，我甚至完全不了解他。我只知道，自己喜欢看到他。从第一次见到他时就喜欢，他和老家的那些男娃都不一样，手指细长细长的，脸白白净净的，有点害羞，像个古代的白面书'，他不怎么爱说话，每次来店里理发，都只是很安静地坐在那里。

来到大连已经半年有余，不停地为客人洗头、吹头、上发卷，我生命的主旋律里仿佛就只有这三个音符。大连的繁华、富庶、美丽，跟我一点关系都没有。还好，杰出现了，我终于对这座城市有了一点点寄托。可是，他去哪儿了呢？以前杰每次都会在隔周的周五晚上六点半左右到店里来理发的，非常有规律。现在已经超期九天了，难道他生病了吗？我不愿意往下想了。

"小霞，你怎么来了，今天不是休息吗？"

第二天早上我一到店里，老板娘菊姐就惊奇地问道。

我很随意地回答："反正也闲着没事，就过来了。"

菊姐关切道："一周就休这么一天，多睡一会儿也好啊。"

彩灵姐在旁边插话道："那也得能睡得着呀？这家伙晚上翻身翻的，我在她下铺根本就没法儿睡。"

我腼腆地笑了笑。

菊姐好奇地问道："出什么事了吗，小霞？"

我连忙摇头道："没有，没有。"

菊姐仔细打量着我："看这孩子眼圈黑的，快，回去好好补一觉去，我记得你上周就没休，哪能连轴转啊！"

菊姐边说边往门外推我。没办法，我只好边被推搡着边说了一句："那好吧，我下午再过来。"

菊姐："不行，今天不许再过来了。"

一直坐在墙角摆弄发模的小美姐这时冷笑了一声，像是自言自语，又像是对我和菊姐说："别自作多情了，你以为她下午来是为了看你啊！"

我心下一惊，脸上立刻觉得有些发烧，还好这时已经被菊姐推到门外了。

在回宿舍的路上，我一直琢磨着小美姐刚才那句话的意思。难道她已经看出我的心思了？我确实是怕错过杰才连轴上班的。

小美姐这个人平时话不多，有点孤僻，一说话就阴阳怪气的，连菊姐都让她三分。这也没办法，她的技术在店里是最好的，属于顶梁柱级别的人物。杰每次来店里理发也都是找小美姐的。

唉！我什么时候能学成出师，亲自为杰理一次发就好了。想到这儿，我不由得轻叹了一口气。

下午四点刚过，我离开宿舍往美发店走。马上就要到了，远远地看到有一个穿蓝白相间校服的人走进店里，那是大连 Y 中的校服，我很早就专门打听过了。是杰来了，我心中大喜，脚下不由自主地跑了起来。

感觉自己好像跑了一个世纪，看似很近的距离对我来说是那么遥远。可是，当我上气不接下气地猛地一下推开店门时，却看到一个和杰穿一样校服的男生躺在洗头椅上，小美姐站在一旁正准备为男生洗头。我顿时泄了气，胸口仍在不停地起伏着。

菊姐不在店里，彩灵姐手上有活儿，只是看了我一眼，没顾得上说什么。

小美姐抬头看了看我，面无表情地说道："你来洗吧。"说完拿块毛巾擦了擦手，然后坐到自己的位置上看报纸了。

此后的一段时间里我一直都心不在焉的，不是把泡沫弄到客人的眼睛里，就是弄湿了客人的衣领子。吃过晚饭后店里一时没人，终于闲了下来，我从抽屉里找出一把削发刀，在发模上练了起来。练着练着，小美姐走了过来，冷冷地问："这是谁教你的？"

我怯生生地回答："一直在旁边看你弄，我自己偷着学的。"

小美姐："我就是像你这样的手型吗？"

我无言以对，脸上一时有些发窘。

小美姐："走还没学会呢，就想学跑。好好洗你的头吧，别在这儿给我浪费模具。"

菊姐见状急忙走过来打圆场："小美，你就别说她啦，她爱学也是好事。"

小美姐斜睨了一下菊姐，从牙缝里甩出一句来："爱学？是爱人吧。"

我脸上已经挂不住了，能做的只是尽量克制自己，让噙在眼里的泪水别掉下来，可还是有两串眼泪挂在了脸颊上。

小美姐被菊姐拉到一边去了，彩灵姐赶紧过来安慰我。她朝小美姐和菊姐望了一眼，悄声对我说："那个老处女说的话，别往心里去，她人就那样。没事儿，你要想学刀削发，等姐教你啊。"

我咬着嘴唇，感激地点了一下头。

彩灵姐柔声道："去卫生间擦把脸吧。"

我走到里屋的卫生间前，开门刚要进去，身后传来了一个熟悉的声音："剪个发。"

是杰，没错，真的是杰，他终于出现了。我欣喜若狂，旋即转过身来。本想走过去马上为杰洗头，但转念又想到小美姐之前说的那些话，觉得还是别太露骨为好。于是，我还是先到卫生间里简单擦了一把脸后才回到自己的位置上去。

这时，杰已经坐在洗头椅上了。我在一摞毛巾中抽出最下面的一条，那是专门为杰准备的。我认真地把毛巾围到杰的衣领上，随后杰轻轻地躺到了洗头椅上。这时我才注意到，杰的左手臂上戴着孝。

"原来是这样。"我似乎明白了杰这段时间没来理发的原因。

杰的头离我很近，我突然有一种想要把他揽入怀中的冲动，可我知道那是不可以的。

我最幸福的工作开始了。

杰在洗头的时候喜欢闭着眼睛，这样挺好的，我可以无所顾忌地凝视着他。虽然看到的他是颠倒的，但即使是这样，在我眼里他也是最帅气的。杰的睫毛很长，像洋娃娃似的，一个精致的鼻子挺立在白净的脸中央，嘴唇薄薄的。不过，今天的他，两个眼袋上有些发青，看来最近没休息好。杰脖子左侧长了三颗痣，呈等边三角形，我在老家听老人们说过，在这个位置上长这种痣的人是本命佛转世，一生大富大贵。我默默地在心里替杰高兴，虽然这一切跟我没有任何关系。

我抬头望了一眼，大家都在忙手头上的事，没人注意我。于是，悄悄地从后屁股兜里掏出早就准备好的一袋飘柔洗发水，这是我一直用的牌子，我想和杰用一样的洗发水。况且店里给客人准备的都是些劣质洗发水，我不忍心用在杰的头发上。

杰的头发又黑又硬，特别浓密。我的十根手指伴着洗发水泛起的泡沫穿梭在杰的发间，慢慢地揉着、搓着。我轻柔地用指肚为杰的头皮做着按摩，把节奏拖得很慢很慢，两个手臂有些微微发抖，每次给杰洗头都是这样，有点小紧张。我本以为这段时间都调整好了，没想到还是老样子。

真希望永远不要停下来，或者时间能慢一点走。可是，老天总是不遂我的心愿，不论我怎么放慢节奏，时间还是飞快地溜走。我给杰擦拭完湿发后，他起身坐到了小美姐的专用剪发椅上。

小美姐问："还是刀削？"

杰说："嗯。"

之后小美姐和杰没再有任何交流，我心里是多么希望小美姐能和杰多聊一聊，让我可以知道更多和杰有关的信息。可小美姐总是让我失望，我只好在原地收拾洗头盆，并不时地向杰面前的镜里偷窥两眼。每次我的眼神都是一扫而过，我想看到杰又害怕和他的眼神对接。

记得有一次，在给杰洗头的时候，我肆无忌惮地欣赏着杰清秀的面庞，手上一不小心带起一大块泡沫溅到了杰的额头上，杰突然睁开了双眼。我措手不及，连忙把目光挪开，感觉心窝里万马奔腾，慌乱得甚至连手上的动作也停止了。杰一直没说话，只是静静地望着天棚，过了差不多有半分钟的工夫，我才意识到自己的失态，赶忙继续接下来的步骤。

小美姐的剪发速度总是比我给杰的洗头速度要快，不一会儿杰就走了。到最后我还是不知道杰家里的哪位老人去世了，也可能永远都没有机会知道这个问题的答案。

晚上回到宿舍，我要做的第一件事就是把宝贝入库。我把宝贝装在一个精致的小布包里，还没等我把布包放回到枕头里，彩灵姐和小美姐就进屋了。

彩灵姐好奇地问我："藏私房钱呢？"

我急忙掩饰道："没有啊。"

彩灵姐朝我走了过来："来，让姐看看，攒了多少私房钱了？"说完就伸手来抓我手里的布包，我没想到她会动手，布包一下子就被彩灵姐拿走了。我急了，连忙上前去抢，彩灵姐背着双手把布包藏到身后，脸上做着搞怪的表情来逗我。

我央求道："彩灵姐，快还给我。"声音已经变调了。

可彩灵姐像没听见一样，我同时伸出两条胳膊分别从彩灵姐左右两侧腰部插过去，但这根本奈何不了人高马大的彩灵姐，她只是一个转身，我就被她那门板似的后背挡在了"门外"。彩灵姐伸出另一只手用最快的速度打开了布包。

彩灵姐："咦，怎么全是些头发呀？"

彩灵姐转过身来，举着布包，一脸疑惑地望着我。我没说话，一把夺过布包，迅速拉上拉链放到自己的枕头下。这时小美姐拿着脸盆走了过来。

小美姐冷冷地说道："让开。"

我和彩灵姐赶紧同时让出一条道儿来，小美姐朝我的床头瞄了一眼，露出不屑的神情，从鼻子里哼了一声："傻帽儿。"然后就到外面洗漱去了。

彩灵姐朝小美姐离开的方向做了个鬼脸，回头刚要开口问我什么，我连忙低头从床底下拿出自己的脸盆躲出去了。

在随后的日子里，杰又恢复了先前的理发节奏。每隔两个星期我就能见到他一次，我还是那个只能为他洗头的小工，我们还是没说过一句话。

又到了一个美妙的周五，吃过晚饭之后，店里一个客人也没有，我到卫生间简单化了化妆，尽管自己并不是一个漂亮的女孩儿，可我还是希望能以最好的形象面对杰。

晚上过了六点，想到杰差不多该来了，我的心跳又开始慢慢加速起来。我坐在洗头椅上静静地等杰的到来，心里暗暗祈祷店里不要再来别的客人。不一会儿，杰来了，还是穿着那身大连 Y 中的校服，还是说完"剪个发"后脸上有些微微泛红。

我一如既往地用最慢的速度给杰洗完了头发，杰刚坐到小美姐的剪发椅上，店门"砰"的一声被踹开了。我抬头一看，进来一个中年大光头，长着一脸的横肉。我认得此人，是附近有名的混混大头。一股浓重的酒气随即在屋里弥漫开来。正坐着嗑瓜子的菊姐急忙从椅子上弹了起来，一面互相拍打着双手，一面迎到大头面前。

菊姐热情地说："哟，大头哥来啦？"

大头的舌头有点大："让你家小、小美给爷我，刮个头。"

说完他就摇摇晃晃地向小美姐那边走去。

我心里一紧，正在收拾洗头盆的手也停了下来。大头这个人平时根本不讲道理，不仅刮头从来不给钱，还经常动手打人，美发店附近一带没人敢惹他。

大头走到小美姐的面前，小美姐却像没看见他一样慢条斯理地拿出削发刀准备给杰剪发。菊姐在一旁轻喊了一声："小美。"

小美姐充耳不闻，正式开始给杰剪起发来。

大头的脸阴沉了下来，慢悠悠地说道："小美，别给脸不要脸。"

小美姐满不在乎地瞟了大头一眼，一字一顿道："这位同学先来的，等我给他剪完再给你剪。"然后继续手上的动作，她一向不怕大头。

我的心已经提到了嗓子眼儿，不是担心小美姐，而是担心杰。杰没有像往常那些人那样赶紧给大头让出位置，而是稳稳地坐在那里，甚至连头都没回一下。他映在镜子里的脸像往常一样平静、安然，似乎眼前的一切都和他没有关系一样。我怕大头伤害到杰，忍不住向大头靠近了几步。

大头态度蛮横："他先来的？那我问问他，到底谁先来的？"

说话间，大头已经举起了粗壮的大手朝杰的头上拍去。我下意识地伸出右胳膊去挡，顿时感觉到右臂一阵发麻，忍不住用左手捂住右臂"哎哟"了一声。

菊姐和彩灵姐对我的举动倍感意外，两个人的眼睛和嘴巴都呈现出完全开放的状态。

大头朝我这边扭了扭身子："哟，还有挡枪的，我倒要看看，你能挡几下。"刚说完大头就又扬起了手，我条件反射般地闭上了眼睛，脖子也缩进了躯干里，用这个姿势来迎接大头的巴掌。可大头的巴掌却迟迟没有落下来，我眯缝着双眼一看，小美姐用一只手在半空中抓住了大头右手的手腕。

小美姐梗着脖子和大头怒视着，举在半空中的那条胳膊在不住地颤抖着，能看得出来，小美姐用了自己最大的力气。

小美姐说："一个大老爷们儿打一个小姑娘，你也能下得去手！"

杰依然安坐在椅子上纹丝不动，他始终没有回头。不过，透过镜子，我发现他在看我，他暖暖的眼神让我很感动。

这时，菊姐和彩灵姐赶紧过来为我和小美姐解围。

菊姐满脸堆笑地说："大头哥，您可是这条街上的大人物，别和她们一般见识啊。来来来，我亲自给您刮头，回头让彩灵妹子再给您按按头皮，保准让您舒舒服服的。"

彩灵姐说："对呀对呀，大头哥大人有大量，我崇拜您老已经很久了。今天给妹妹一个机会，让妹妹我好好伺候伺候您。"

大头的脸上露出了得意的神色，一抬手把小美姐的胳膊甩开了。

大头问彩灵姐："我老吗？"

彩灵姐说："不老不老，我说'您老'那是尊敬您。"

大头说："呵呵，小丫头片子，嘴巴倒、倒挺甜的。行，今天爷高兴，给、给你个面子。"

这场小风波总算是平息了，店里暂时又恢复了平静，可我的心里却很不平静，杰的反应有点反常。他怎么能坐得那么稳呢？他就一点也不害怕吗？这么想着，我又望了一眼镜子里的杰，他正伸手从裤兜里往外掏着什么，罩在杰胸前的那块白布让我看不太清楚他的动作。过了几秒钟才看到杰掏出来一个黑色的块状物体，我定睛一看，竟然是一部手机。

这更让我意外了。连菊姐也只不过是配了一台汉显的摩托罗拉牌传呼机，杰只是一个高中生，怎么会有手机？只见杰把手机捧在手掌上，用拇指娴熟地在上面按了几下，然后把手机放在耳朵上。很快电话接通了，他低声说了几句话，随即放下了电话。在这个过程中，坐在另一侧剪发椅上的大头早已呼呼大睡，如雷的鼾声在屋里回响着，致使杰在电话里说的话，我一句也没听清。

过了一会儿，推门进来一个身材高瘦的年轻小伙子。小伙子没理会彩灵姐的招呼，直奔大头跟前，抬腿朝酣睡的大头踢了一脚。他的腿抬得很高，大头的脸被踢中了，连人带椅子重重地仰面倒地。大头叫骂着爬了起来，刚想发作却定住了，刚才还很嚣张的表情立马就蔫了，嘴上说了声"大……"。小伙子没给大头继续说话的机会，连出两拳把大头打倒在地，紧接着就一阵飞踹，落在大头那硕大的脑袋上。大头一边喊饶命，一边用两条胳膊拼命护住头。

小伙子说："你再躲？今天就别想走出这个门！"

说来奇怪，大头似乎很听小伙子的话，慢慢地松开了两条胳膊。

大头带着哭腔哀求道："涛哥，我犯错了，是该打，但你也得告诉我错在哪儿了啊？"

小伙子又是一阵猛踢，打得大头满地打滚，一个劲儿喊饶命。

小伙子说："你他妈的还废话。"

我和菊姐、彩灵姐吓得躲在墙角大气不敢出一声，连小美姐也停下了手上的活儿，注视着眼前发生的打斗，而杰还是稳坐钓鱼台的样子。

突然，杰轻声说了句："可以了。"小伙子这才停了手，此时的大头已是血肉模糊。

小伙子狠狠地呵斥道："猪头，你给我听好了，以后先擦亮你的狗眼看看是谁再撒野。懂了吗？"

"懂了，懂了。"躺在地上的大头忙不迭地点着他的血葫芦脑袋。

小伙子说："快滚。"

大头连滚带爬地离开了美发店，那个小伙子主动帮我和彩灵姐清理了地上的血迹，直到杰剪完发才和杰一起离开。杰走到门口时突然转过身，他的眼神停留在我的脸上，我完全没有思想准备，一时不知道该如何是好，不好意思地低下了头。我忽然意识到这么做也许是错的，可当我重新抬起头时，却看到杰已经转身走了。

那个夜晚，我又失眠了，脑子里乱哄哄的，有无数个和杰有关的问题一起袭来。也正是从那天开始，我喜欢杰的事成了店里公开的秘密，时不时就被菊姐和彩灵姐拿来寻开心。

我再也享受不到偷偷喜欢一个人的那种愉悦了，却仍然忍不住想杰，在每一个清晨，在茶余饭后，在夜深人静的时候，在梦里。

我自己也明白，我和杰处在遥不可及的两端，永远都不可能有交集。但我不需要有什么结果，只是喜欢他，想见到他，仅此而已。可是，杰却和我开了一个天大的玩笑。他再也没有来店里理过发，永远消失在我的生活里。我曾猜想过杰不来理发的无数个原因，却再没有机会得到现实的印证了。

学会接发后，我把一直以来收集的一百八十七根杰的头发连接在一起，用它们做材料绣了一个"杰"字，这是我唯一能做的。

"原来是单相思啊。"我轻描淡写地说道，阿霞在我身后帮我吹着头发。

阿霞说："呵呵，有几个女人的初恋又不是单相思呢！"

我没有接茬，只是静静地看着镜子里的阿霞。

阿霞说："姑娘，你的初恋是什么样子的呢？"

这时，阿霞已经给我做完了头发，我站起身来："以后再告诉你吧。"

可当我走到门口时，却发现外面不知道什么时候开始下起了瓢泼大雨，地面上一片迷蒙，我没带伞，一时间停在门口犹豫该不该走。

阿霞笑着走了过来："看来老天要留你把初恋讲完啊。"

我转过身来定定地看着阿霞，半晌才开腔道："你真的想听？"

阿霞微微颔首。

我轻叹了一声，又走上前坐到椅子上，同时把目光投向远方，娓娓说道："2007 年，我正上高二，下半学期开学第一天，我们班新转来一个叫程栋的男生。他给我的第一印象不是太好，个子不高，长了一张长长的马脸，眼睛比孙红雷还小，一笑起来嘴还有点歪，浑身上下散发着一股子痞气儿。但我不曾想到，这个其貌不扬的男生，会带给我一段刻骨铭心的爱情……"

晚上放学后，我像平时一样来到 2 路公交车站等车。片刻之后，有一个人吹着口哨来到我身旁，我侧头一看是程栋。程栋轻浮地冲我笑了笑，我没理会，把脸转了回去，同时向旁边挪了几步。正好一辆 2 路车驶进站台，车门一开，程栋跳上了车，我在后面也上了车。车子缓缓启动，车上的人不多，有很多空座位，我选了靠近后车门的单人座位坐下，程栋从后面走了过来。

程栋歪着嘴道："你叫吴凡吧？"

我抬头斜瞟了一眼，没搭理他。

程栋继续搭讪："都是一个班的，别这么牛嘛！"

我从书包里掏出 MP3，把耳机塞进耳朵里，权当程栋是透明的。

程栋讨了个没趣，讪讪地走开了，到了秀月街站，我拿着书包起身，不料却一转身撞到了也走到后门准备下车的程栋。

我恼怒道："怎么哪儿都有你！"

程栋嬉皮笑脸地说了一句："看来咱俩挺有缘啊，大脑门儿。"然后就跳下了车。

我一听他竟然直戳我最介意的相貌痛处，不由得怒气上涌，下了车后正想发作，却被来接我的爸爸喊住了。我家住在一个刚建成的小区，很多房子都没卖出去，人烟稀少，连主道的路灯都没安上。从车站下车到家，还有一段不长也不算短的路需要走，每天晚上放学后爸爸都到车站接我。

爸爸说："凡凡，是你们班同学吗？怎么以前没见过？"

我没好气地回了一句："我不认识他。"上前挽过爸爸的胳膊就走。

走着走着，我感觉程栋好像跟在身后，于是回头看了一眼，果不其然。程栋也看到了我，朝我吐了一下舌头。我瞪了他一眼，转身拉上老爸大步流星地向前走，走到一个转弯处，我用余光扫了一眼，发现身后已经没有程栋的身影，心里暗暗松了一口气。

第二天早上一进教室，我就看到程栋坐在课桌上热火朝天地和刘成、魏宇鹏等几个男生聊着天。

"晕，这么快就打成一片了，脸皮可真够厚的。"我低声沉吟道。

我把书包放到座位后来到程栋面前："马脸，出来一下。"

程栋笑呵呵地跟我来到走廊里。

我板着脸问道："昨天晚上为什么要跟着我？"

程栋嘴角歪了歪："大脑门儿，谁跟着你啦？就许你家住在那里呀？"

我火了："你叫谁大脑门儿？"

程栋说："叫你呀，喊你的名字你不回应，那只好叫大脑门儿啦。再说啦，你不是也叫我马脸吗？"他摊开双手，一脸无辜的表情。

程栋说："哟，我才发现，今天脑门上梳了个刘海啊，可刘海后面还是大脑门儿啊。哈哈哈。"

我气急道："无赖。"

程栋说："这个'职称'可不能随便给别人安啊，不怕我真是混混找你麻烦啊？"

我冷笑道："别吓唬我，这里就不是混混来的地方。"

程栋说："我就是来开先河的。"

"没工夫搭理你。"我转身走了，把程栋晾在了一边。

晚上放学后，程栋仍旧和我坐上了同一辆 2 路车，车上的情形和先前差不多，我对他还是视而不见。

到秀月街站，程栋抢在我前面下了车，径直走到爸爸跟前，主动伸出了右手。

程栋说："叔叔，您好，我叫程栋，和吴凡是一个班的。"

程栋说话时的语气、神态非常轻松，没有一点拘束。

"还真是个自来熟。"我脱口而出。

爸爸露出意外的表情，打量程栋的同时，伸出右手和程栋握在了一起。

爸爸微笑着："以前怎么没见过你呀？"

程栋说："我是这学期才转过来的借读生。"

爸爸点了点头："哦，我说嘛，你家住在哪个小区？"

程栋说："就在秀月小学对面那栋楼里，是租的房子，刚搬来没多久。"

原来是租的房子，还是个借读生，说得那么自然，也不嫌丢脸。我轻蔑地看着程栋。

爸爸和程栋在前面边走边聊，很是投缘，我气鼓鼓地跟在后面。走到一个路口，程栋向爸爸道别。

程栋说："叔叔，以后放学我和吴凡一起走，您晚上就不用过来接她啦。"

爸爸说:"好啊,这样我倒是省事儿了。"

我急忙上前冲程栋喊道:"谁同意的,我们很熟吗?"

爸爸责怪我:"你这孩子,对同学怎么是这种态度?"

程栋说:"没事的,叔叔,以后会好的。那叔叔,我先走了。"

爸爸说:"好,慢点。"

程栋又对我说道:"明天见啦。"

从那以后,爸爸就很自觉地下了岗,尽管我心里一千一万个不愿意,无奈程栋每天晚上放学后都会跟在我身后,不管我的态度多么恶劣,程栋始终都是死皮赖脸的样子。我不知该说他脸皮厚,还是没心没肺。

不过,我确实挺害怕一个人走夜路的,只好任由程栋跟着。不仅如此,程栋还慢慢摸清了我早上出门的时间。每天早上只要我一出门,准会看到他双手插在裤兜里,懒散地站在那里。一看到我,程栋那双小眼睛立刻会放大无数倍,热情地冲我挥手。我对程栋的态度总是不冷不热的,但不可否认的是,我们的关系随着时间的推移缓和了不少,程栋除了油嘴滑舌之外,好像也并不是那么令人讨厌。

天气渐渐热了起来,一天晚上,我下了2路车,一回头却不见程栋的踪影。我有些纳闷,明明记得程栋和我一起上的车。

难道他在车上睡着啦?很可能是,唉!要是和他坐在一起就不会出现这种情况了。我在车站等了一会儿，还是没见到程栋，只好硬着头皮一个人往家的方向走。

这个该死的程栋，先前不论我怎么撵他，他都不走，还信誓旦旦地说："我答应过叔叔要保护好你，就一定要做到。"这才过去几天啊，就出现这样的失误。

我在心里咒骂着程栋，马路上黑漆漆的，我的心也一直悬着。不知道为什么，没有程栋在旁边叽叽喳喳的，我反倒有些不适应。

我这是怎么了？我暗暗骂自己没出息。

过一个转弯处，来到了小道上，我加快了步伐。突然，一个低沉的声音从耳后传来："别动，把钱包拿出来。"同时一个硬硬的东西顶在我的腰上。

我大脑顿时一片空白，一下子傻在了那里。我不知道该怎么办，也不敢贸然转身。过了好半天，身后那个人并没有再说话，但那个硬硬的东西仍旧顶着我。就在我浑身开始剧烈地发抖时，身后那个人却放声大笑起来，仔细一听声音竟然是程栋，我回头一看，那个硬硬的东西居然是一根香蕉。

接下来迎接程栋的是我的玉指秀拳，程栋没有闪躲，任凭我敲打，同时笑岔了气。我又气又恼，打了程栋好一阵，直到自己身上一点力气都没有了。

程栋说："我不在身边，是不是很想我呀？"

我说："滚一边去，你以为你是谁呀？"

程栋唱了起来："你的眼睛背叛了你的心，为何不干脆灭绝我对爱情的憧憬……"

我不再理睬他，转身往家的方向走，程栋很快追了上来，我掏出手机看了一下时间，上面显示已是晚上九点了。

程栋惊奇道："哟，换手机啦，不错嘛。"

我不屑地说："哼，这算什么，前两天四班的赵颖过生日，他们班于洪亮还送给她一个诺基亚 N73 呢。"

程栋满不在乎地说："花爹妈的钱算什么本事，有能耐自己挣。"

我说："别吃不着葡萄说葡萄酸啦。"

程栋说："本来就是，看着吧，以后进入社会于洪亮未必比我强。"

我说："哼，我就奇了怪了，你一个借读生整天哪来的那么些自信，还想和于洪亮比，于洪亮他爸是什么人，你爸又是……"

我突然有些后悔扯到这个话题上来，我知道程栋的爸爸很早就去世了，一直是妈妈一个人带着程栋生活。他妈妈是一个下岗工人，身体还不好，日子过得很清苦。

我歉意地望着程栋，他却是一副不以为意的样子。

程栋说："借读生怎么了？借读生看的教材听的课和你们看到的听到的有什么不一样吗？你是正式生，每次考试还考不过我这个借读生呢。"

我恼怒地说："借读生，借读生，借读生光荣啊，整天挂在嘴边上。"

程栋吹起了口哨，一脸轻松惬意的表情。

我无奈地摇了摇头，程栋总是这样，对什么事都是一副吊儿郎当的样子。不过，程栋的成绩倒还算能拿得出手，每次考试在班里的排名要比他的外形好看得多。

我说："对了，有件事我一直想问你。"

程栋说："说。"

我说："你第一天到班里来的时候，是怎么知道我名字的？"

程栋咧着歪嘴道："这还不简单，问的呗。"

我好奇地说："问的谁？怎么问的？"

程栋故作严肃："这我不能告诉你，反正当时我就问：'那个大脑门儿叫什么名字？'他们就告诉我啦。"

"你还敢说大脑门儿。"我气恼地再次敲打程栋，这次程栋躲闪了，在夜晚寂静的街道上留下我们俩追逐的身影。

日子过得飞快，半个学期很快过去了，程栋也终于暂时消失在我的视线里。我不知道程栋暑假都在做什么，他没有手机，当

88

然了，即使有我也不会主动给他打电话。

临近开学时，我和同班的好姐妹周丹、李悦然一起去胜利广场地下一层的汤姆熊游戏厅玩儿。玩儿之前，我们先来到游戏厅斜对面的一个小超市里买饮料，却意外遇到了正在超市收银台做小时工的程栋。

程栋豪爽地说："三位公主，需要什么，随便拿，我请客。"

周丹说："真的吗？那我可真拿了啊。"

程栋拍着胸脯："没问题，包在我身上。"

我随手从货架上拿过三瓶可乐递给程栋。

程栋说："就这些？"

我说："是的，麻烦你快点，我们赶时间。"

周丹在旁边轻推了我一下，我不为所动。

程栋并没有动手扫码："别价啊，再来点吧。"

我用充满敌意的语气对程栋说："你能不能别在我面前装大爷？"

话一说完，我从包里掏出十块钱拍到程栋面前，接着扭头就走。

那天我在汤姆熊玩游戏的状态很不好，换的一包游戏币很快就没了，却没得到几张奖品兑换券。我觉得非常扫兴，漫不经心地抬头扫了一眼，发现不远处的一个布偶机里有一个大熊特别可爱。登时来了热情，又去换了二十枚游戏币，可惜我的运气依然不好，总也夹不上来那个大熊，游戏币很快又用完了，我特别沮丧。

不行，今天一定要把它给拿下。我的强迫症又上来了，又去换了二十枚游戏币，正准备再往布偶机里投币时，却发现穿着工作服的程栋站在不远处看着我，一脸的坏笑。我一下子没了继续玩的兴致，把游戏币送给周丹后，一个人先走了。

高三新学期一开学，我发现程栋有些反常。以前中午吃过饭后，程栋总会去操场上踢球，可如今的他草草吃过午饭后就不见了踪影。我问过程栋几次，他总找别的话题搪塞过去。这让我更好奇了，一天中午，程栋又匆匆出去了，我悄悄地跟在后面。不一会儿就跟着程栋来到了他暑假打工的那家小超市门口。

原来是又来做小时工了。正当我以为程栋会进去的时候，他却一闪身走进了汤姆熊游戏厅。

不会吧，居然来玩游戏。我不禁有几分生气，紧跟了进去。只见程栋并没有去前台买游戏币，而是在各个游戏设备间转悠了起来，时不时还弯下腰在地上趸摸着什么，好像在找什么东西。

他这是在干吗？我疑惑不解地注视着程栋的一举一动。

终于，程栋在地上捡起了两张小纸片。他用嘴吹了吹落在纸

90

片上面的灰尘后，认认真真地叠好放到裤兜里，然后继续寻找下一个目标。我看清了那两张小纸片是什么，它们对我来说太熟悉了，是汤姆熊的奖品兑换券，有很多玩游戏得券太少的人，离开时都会习惯性地把兑换券随手一扔。

我本想上前直接问程栋在干什么，又觉得有些不妥，只好一个人默默地走开了。在后来的日子里，程栋每天中午都会去汤姆熊捡兑换券，我一直没问他那么做的原因，这个疑惑困扰了我很长时间。

2007年12月17日，是我的十九岁生日。那天早上六点半刚过，我走出楼外，却没见到程栋，心里感到一丝怅然，然而自尊心不允许我等他，我也从没有等他的习惯。我一个人来到2路车站，还是没有程栋的影子。

难道程栋生病了吗？此时我的心思全在程栋身上。

陆续有几辆2路车停下，又开走，我都没有上车，依然站在原地。又一辆2路车在站台停了下来，一个车窗被打开了，探出一个长长的脑袋来。

程栋有些激动地向我招手："快上来。"

我满腹狐疑地上了车，车上的人很多，好不容易挤到程栋面前，刚要问程栋怎么在车上，他就把食指放在嘴中间"嘘"了一声，示意我不要说话。

程栋说："看车窗。"

我放眼望去，封闭的车窗上被乘客们呼出的哈气蒙上了一层薄雾。薄雾上好像被人用手写了字，再定睛一看，发现车内所有的窗户上都写上了"吴凡，生日快乐"几个字。

天冷之后，车窗总是会被蒙上薄雾，程栋喜欢用手在上面乱写乱画，他还是有点小鬼才的，不管画什么都很像。有时候我不理他，程栋就在车窗上写下要对我说的话。没想到在这个特别的日子，程栋会用这种方式来祝福我。

我绷着脸冷笑道："幼稚。"

嘴上虽然这么说，可我心里却美滋滋的，也第一次在内心深处对程栋产生了一点好感。

程栋歪着嘴笑道："大脑门儿，给点鼓励好不好，为了弄这个我可是早上五点半就起床了。"

我眉头一皱："再叫我大脑门儿，跟你绝交。"

程栋说："这没办法，你一打击我，我就想叫你大脑门儿。"

我说："你还叫。"

我使劲地扭着程栋的耳朵，程栋疼得直"哎哟"。

程栋不住地哀求着："我立功赎罪还不行吗？"

我松了手："怎么个赎罪法？"

程栋咧嘴一笑："一会儿下车你就知道了。"

到站下车后，程栋很费劲地从书包里掏出一个东西来，我一看正是之前那次在汤姆熊夹了很多次都没夹到的大熊。也立刻明白了程栋一直去汤姆熊捡兑换券的原因，原来是为了换大熊。

程栋用双手把大熊递给我："送给你，生日快乐。"

我并没有接，而是冷冷地说道："你的礼物，也太廉价了吧！"

程栋有些不解，皱着眉头问道："礼物非得用价值来衡量吗？"

我说："有时候是这样的，你不是一直都瞧不起那些花父母钱的富家子弟吗？那为什么不用你自己挣来的钱为朋友买生日礼物呢？"

我转身走了，再次把程栋晾在一边。

其实我的心情是有些复杂的，也许我这么做有点不解风情，但程栋送礼物这个过程，的确是让我的虚荣心很受打击。

高三的生活是紧张而又忙碌的，时间慢慢地向我们人生中那次重要的大考走近。我已经彻底习惯了程栋的存在，他一如既往地对我热情似火，我一如既往地对他爱搭不理。但是，我们的关系却越走越近。对于这种关系，我不知道该怎样去界定，很模糊，或者说我根本就没打算去界定这种关系。我只知道，当得知程栋要和我一起报考辽宁师范大学时，我心里很高兴。

高考之前的一个晚上，又一次告别了程栋，我刚一走进楼洞就接到妈妈打来的电话。

"凡凡，刚才妈妈忘和你说了，咱们家这几天停水，我和你爸爸到姥姥家来住了，你也打车过来吧。"

我埋怨道："怎么不早说啊，我都到家了。"

放下电话后我脑海里忽然闪过一个念头：赶紧回去吓唬一下程栋，以报复他的那次偷袭。

程栋家租的房子离车站更近一些，每次程栋都是送完我之后，再往回走。

我快步走出楼洞，眼见程栋已经走远。赶紧加快脚步，一点点向他靠近。很奇怪，程栋本应该在一个岔道口转弯的，可眼前的他却直接朝前走，并且脚步很快。

程栋这是要去哪儿？我一直悄悄地跟在程栋后面，他对此浑然不觉。这一跟竟然走了很远，差不多半个小时之后，来到了三站地之外的老虎滩。眼看程栋拐进了一个小胡同，这一次我没有选择默默走开，而是加快步伐追到程栋的面前。我要马上搞清楚，程栋究竟要干什么？

程栋一脸惊愕地看着突然出现的我，片刻之后，才慢慢恢复平静。

我用不容置疑的口吻问道："你在做什么？"

程栋只是笑嘻嘻地望着我，没吭声。

我又急了："快说，你在做什么？"

程栋的尴尬溢于言表："看来是瞒不住你了，我家搬到这儿了。"

我问："为什么？"

程栋说："秀月街那边房租涨价了，我们家租不起。"

我问："多长时间了？"

程栋说："两个多月了。"

我怒目圆睁，高喊了一声："为什么一直都不告诉我？"

程栋支支吾吾地："因为，因为我想和你在一起多待一会儿。"

我有些动情："所以，你把一天仅有的两块钱车费都用在早晚接送我是吗？每天早晚自己却要走那么长时间的路是吗？"

程栋做了一个鬼脸："哈哈，没错，看来大脑门儿就是聪明啊。"

不知不觉中，有两串泪珠淌在我的脸颊上。

程栋见状惶恐地问道："怎么哭了啊？"

我哭着嚷道："我讨厌你，离我远点。"

这一次程栋没有笑，而是一脸严肃地说道："我，我喜欢你。"

那一刻，我有一种想要扑进程栋怀里的冲动，不过，我忍住了。

旋即，程栋又故态复萌了，嘻嘻哈哈地说道："不要被我感动哟，不要现在就说你也喜欢我哟，我希望你能在心平气和的状态下说喜欢我。"

我破涕为笑："哼，想得美，别自作多情了，谁要说喜欢你啦？"

其实我那个时候在心里已经接受程栋了。从那天以后，虽然在我的强制命令下，程栋每天早晚不再接送我，我们在一起的时间少了很多。可是，我们两人的关系却又近了一大步。我甚至已经开始憧憬未来和程栋在一起的大学生活。

离高考的日子没几天了，学校早已不再上课，在学校基本上都是自习。这天，程栋没来上学。这让我很意外，虽说程栋的性格有点放荡不羁，可从来没旷过课。即使是发四十摄氏度的高烧，他也一样会来上学。今天他这是怎么了？

我在各种胡思乱想中挨了快一个上午。程栋突然出现了，他没有到自己的座位上去，而是直接来到我的座位前。我又惊又喜，却又故作平静地望着他。

程栋把他的右手伸到我面前，用不容置疑的口气大声对我说："跟我走。"程栋像是没休息好，嗓音有些沙哑。

话音刚落，教室里所有同学的目光都射向我俩这边。我害羞地低下了头，有些不知所措。

我低声嘟囔着："你干什么呀？"

程栋没有回答，我抬头望了一眼程栋。他脸上的表情有些异样，是之前我从未见过的，完全没有笑容，取而代之的是深沉、凝重，似乎还有一点点悲壮，让我感觉怪怪的。

这时已经有同学在旁边起哄了，看着程栋坚定的目光，我慢慢在心里泛起一股强烈的冲动：我要跟他走。

我勇敢地把自己的小手放到程栋的大手里，在同学们的一片欢呼声中我们俩跑出了教室。

那是幸福而又难忘的一天，我和程栋一起去看电影，去汤姆熊玩游戏，去星海广场骑双人自行车，去巴味德吃大餐。有几次我问程栋为什么突然这样，程栋都笑而不答。

吃过晚饭后已经快九点了，本来不想让程栋送我回家。可还没等我把话说出口，程栋就抢白道："今天都听我的。"依然是不容置疑的口吻。

于是，我和他又并肩走上了那段熟悉的小路，彼此都没有说话，我们走得很慢很慢，到最后还是走到了我家的门洞前。

我扭过身来说道："快回去吧。"

程栋深情地说："等你进去，我再走。"

我默然点了点头，转身朝门洞走去。

"吴凡。"

程栋叫住了我，我迅速回身。

程栋缓缓说道："这几天你可能见不到我了。"

我一脸疑惑地追问道："为什么？"

程栋说："我的学区不在这里，要回原来的学校准备高考。"

我说："那后天的毕业合影，你不来吗？"

程栋摇头道："不照了，我本来就是借读生嘛。"

我佯装生气地说："你又来了。"

程栋淡然一笑："等九月开学的时候，我们辽师见吧。"

我不解地问道："暑假的时候不能见吗？"

程栋说："你忘啦，我可是要去打工赚学费的。"

我有些失落："那好吧，报到的时候，你可要帮我拿行李。"

程栋轻轻点了点头："嗯，快进去吧。"

我们就这样告别了，随后我把所有的精力都放在了高考上，然后静静地等待着和程栋在辽师的见面。

然而，在开学报到的那一天，我却没有见到程栋的身影。那天晚上，有一封信被辗转交到我手上。三个月前有一个男生把信送到辽宁师范大学门卫处。那个男生告诉门卫师傅，新学期开学的时候，会有一个叫吴凡的女生来到辽师。我用颤抖的手打开了信。

吴凡：

　　你好！我知道当你打开这封信时，已经身在辽师的校园里，成为一名大学生了。首先，我要恭喜你。很抱歉，我失约了。吴凡，对不起，我没向你说实话。我并没有参加高考，因为我已经失去了参加的资格。

我七岁的时候，爸爸死于一场车祸，那本来是不应该发生的事故。那个肇事司机是一个高中生，他没有驾驶证，却有着非常过硬的家庭背景，以至于一审结束时出现了一个人神共愤的判决结果。从那时开始，我妈妈砸锅卖铁踏上了漫长的申诉之路，最终的结果却也只是让那个肇事者坐了区区三年牢。

　　尽管我是一个乐天派的人，但并不代表我的内心深处没有仇恨的存在，我也有无法释怀的事情。前几天我偶然遇到了那个肇事者，虽然事隔多年，我还是一眼就认出了他。他在悠闲地喝着酒，讲着笑话。而我爸爸呢！那个瞬间，郁结在心中多年的愤懑终于爆发，我失手杀了他。这并不是我想要的结果，但我却必须要为此付出代价。

　　本来我是打算在第一时间就去自首的，可是，我还有一个心愿没有完成：我想和你做一天的情侣。吴凡，谢谢你，帮我完成了心愿。

　　在以后的日子里，我们将不再有彼此。再见了，大脑门儿！

程栋

2008 年 5 月 29 日

阿霞坐在旁边听得入神，我的故事已经讲完了好一会儿，她才开口问道："后来呢？"

我平静地回答："没有后来。"

雨后的空气总是那么清新，走在回家的路上，我的心情却有一丝沉重。刚才我没有告诉阿霞一个细节，多年后程栋之所以能一眼认出那个肇事者，是因为肇事者身上有一个特征：他的脖子左侧长了三颗痣，呈等边三角形。

创
可
贴

在众人的欢呼雀跃声中，胖妈气喘吁吁地跑进办公室，迅速伸出右手食指摁向挂在门口墙上的打卡机。可是，打卡机上显示的时间清楚地告诉他，已经迟到了，这意味着他失去了一张毛爷爷。胖妈垂头丧气地向自己座位走去，所经之处一片掌声。我们办公室有个规矩，迟到的人要在中午请大家伙儿吃大餐，美其名曰：雪上加霜。

胖妈坐在我对面的隔断里，是一个五大三粗的小伙子，身高一米八，手臂和腿上浓黑的汗毛有一寸多长，外部形象极为阳刚。谁知皮囊之下却是另外一回事，他喜欢一大早就和大妈级别的女同事聊某某商场又有打折促销活动，聊韩剧里的男主角个个都抹粉，聊市场里卖菜的老李头新娶了个寡妇。尤其让我受不了的是，只要工作不忙，他就用办公电话和女朋友煲电话粥。我的耳朵里经常充斥着他对女朋友的嘘寒问暖和各种情况汇报，甚至连喝口水呛了一下也要赶紧打个电话汇报一下。此刻，他正在打电话向女朋友汇报迟到的事情。同事们都没见过他女朋友，这更让我们好奇，他女朋友到底是个什么样的人，能忍受他那张老婆嘴。

胖妈放下电话后，一双肉手飞快地在键盘上敲打着什么。我知道他是在写新的QQ心情，他的QQ心情就是他本人的心情，一天能变N多回。果不其然，他把QQ心情由"迟到了，心情不美丽"换成了"幸福就是，有两个烤鸡翅，你吃大的，我吃小的"我顿时觉得浑身麻酥酥的，赶紧转移了视线。

这时，一个头顶着莫西干发型的高个儿年轻人，迈着散漫的步伐晃进办公室。他是集团赵董事长的独生子，大家背地里叫他太子。为了能让这个总在外面惹是生非的儿子收收心，赵董事长把太子安排到我们营销公司做副总经理，实际上太子只是一个形象副总，他本来就对公司的事没什么兴趣，他老爸自然也不会给他什么实权，太子倒也乐得其所，天天在公司打游戏。他和他老爸一样，上下班不用打卡。现实就是这样，制定规则的人往往是不用遵守规则的。不过，和他老爸相比，太子要亲民得多，他说过："我们都是受老赵头压迫的劳苦大众，没有理由不好好相处。"

"赵总，今天胖胖迟到啦。"

太子刚一进来，坐在离门口最近的隔断里的郑婷婷站起来抢先说道。

一听这话，太子立刻两眼放光，随口问："是吗？"

在得到众人异口同声地回答后，太子把目光投向胖妈，扬手打了个响指。

"胖胖能迟到还真是不多见，咱今天中午吃牛排吧，桥南新开了一家正宗法式的，味道相当不错。"

话音刚落，办公室里一下子沸腾了起来，胖妈也跟着站起来叫好。因为他知道中午名义上是他请客，到最后买单的人一定是太子。自从太子来我们办公室后，每次参加"雪上加霜"都是什么贵点什么，什么好吃点什么，到最后自己掏腰包结账。时间久了，大家天天盼着有人能迟到，有人迟到的日子就是我们办公室的节日。

我们这个办公室很大，被二十多个大大小小的隔断瓜分。太子踱着方步，慢悠悠地晃进办公室里那个最大的隔断，他的隔断里从来都是乱糟糟的。有一次，胖妈实在看不下去了，主动帮太子收拾了一下，却被太子大骂了一顿。太子说："我乱但是有条理，东西都找得到，你这一收拾，我才是真乱了套。"

太子的隔断口正对着我隔断口的方向，我只要一转头就可以看到他隔断里的情形。太子在那张杂乱无章的办公桌前坐下，习惯性地从一堆文件和各种食品包装纸下面摸出一个小包装袋。

太子抬起头来寻找我的目光，他知道这个时候十有八九我会看他。我俩目光交会后，他朝我扬了扬手中的那个包装袋，然后撕开包装大快朵颐起来，一切尽在不言中。

那个包装袋里装的是秋葵干，太子曾给我尝过，口感怪怪的，我吃不太习惯，可却是太子的最爱。每天早上都有这样一包秋葵干放在太子的桌子上，至于是谁放的，没人知道。太子尽管没有实权，但毕竟是储君，集团未来的掌舵者。想要讨好他的人有很多，向其献媚甚至投怀送抱的女人更是不计其数，对此太子来者不拒，游走在各色人等之间。

关于秋葵干的秘密，太子只和我一个人说过，我俩经过一番分析后一致认为，这个暗送秋葵的人，一定是办公室里的某个暗恋太子的痴女。虽然在我这个三十六岁的老男人眼里，90后的太子并没有什么魅力可言。不过，一代人有一代人的审美标准，就像《红灯记》里的李铁梅，被父母那代人视若偶像，但在我眼里，简直土得掉渣。

我曾暗暗留意过，想找出那个痴女。但无奈于办公室里的适龄怀疑对象不下十个，我早上一贯来得就晚，进出太子隔断的人又多，一直没什么收获。最重要的是，太子本人根本不想知道痴女到底是谁。用他自己的话讲："为什么要知道呢？真知道了以后可能就吃不着了。"我甚至怀疑他是故意给桌子搞得那么乱，给痴女充分的作案机会。

每个月初，各直营店的店长都要将上个月的各项报表上报到我这里来，有一个叫骆乐乐的店长从没按时上报过，每次都免不了要让我催促几次。后来慢慢摸清了她的规律，一到临近月末，我都会提前敲打敲打她。可惜并没有起到什么好的效果，只不过，她的认错态度一直不错，尤其那一口正宗的唐山口音，每句话的句末都要上扬一下，听着让人想发火也发不起来。其实他们店长也不容易，上班时间忙于销售，做报表只能利用业余时间。

中午的牛排大餐撑得大家伙儿嗝声阵阵，下午时间自然被胃肠消化所占据。掐着表，终于盼到了下班时间，我照例第一个冲到打卡机前。

"宋哥又着急回家给大宝喂奶呀？"郑婷婷笑着打趣道。

几乎在同时，我身后响起了胖妈的声音。

"我都不用看手表，看宋哥来打卡就知道下班时间到了。"

我没心思和他们贫，打完卡后径直离开办公室。出了公司正门，我大步流星地朝206路终点站走去，接连转过两个弯，206路终点站终于出现在视线可及的地方。站台没有公交车停靠，等车的人群已经排起了长长的队伍，排在最前面的是一个身姿曼妙的年轻女孩，她是和我一起患过难的亲密战友。此时，正在张望中的战友看到了我，轻轻地向我挥了挥她那小巧的手臂。一辆

206驶进站台，我加快了步伐，到队首和战友会合，然后一起上车来到最后一排靠右侧的双人座坐下，我在外侧，她在内侧，这是我们俩的专属座位。

不一会儿，公交车缓缓启动，一天中最美妙的一段旅程开始了。

"有大宝的最新玉照吗？"战友侧头问我。

我掏出手机，点开儿子的相册后递给战友，她接过后低头专注地一张张滑起来。我趁机欣赏着她的侧脸，一头利落的齐耳短发，一个精致的发卡别在前额上，长长的睫毛恰到好处地披在凤眸之上，轻薄的嘴唇连接着小巧的下巴，鼻子呈现出一道美丽的弧线将整张脸彰显得立体感十足，这是一张能让所有男人都心旌摇曳的美颜。

当看到一张大宝和我妻子的合影时，战友一直不断滑动的手停了下来。她的目光静止了，与其说是看大宝，不如说她是在看我妻子。

战友看得太入神了，突然而来的一个急刹车让她的脑袋直接撞向前排的椅背，我也被晃了一下，左手下意识地紧紧抓住前排座椅的把手，右手快速伸过去用手背护住战友的额头，最终我的右手被战友的额头重重地顶在前排的椅背上，还好她没事儿。

"呀，你受伤了。"战友惊叫道。

我这才看到，右手中指第二个关节附近，被战友发卡上的一个金属饰物竖着划了一个口子，鲜血很快流到了手背上。

"不碍事。"

我轻描淡写地说了一句，本想拿出兜里的纸巾擦一擦手背上的血，没等我付诸行动，右手已经被战友夺了过去。

战友双眉紧蹙，用一张湿巾轻轻地给我擦着手背上的血，血擦干后，又从包里拿出一个创可贴，小心翼翼地贴在伤口上。她的动作很轻柔，我心里暖暖的，可惜这个过程太过短暂。

大概一个月前，206路沿线开通了公交专用道，让我原本一个小时的美妙之旅，变成了现在的半个小时，不对，其实是四十分钟，只不过是我一直感觉才过了半个小时而已。

感觉没过多长时间，岳阳路站就到了，和战友一起下车后，我们挥手作别。她的背影同样迷人，微风轻拂着她身上的一袭长裙，将其美妙的曲线清晰地勾勒出来，我恋恋不舍地收回目光，转身离去。我知道，战友会在下一个路口转弯，在那个小巷的最深处，有一辆蓝色的 SUV 在等着它的主人。

我抬起右手闻了闻那张创可贴，上面还带着战友身上的气息。淡淡的清香又把我带回到和战友一起并肩战斗的日子里。

我和战友是半年前在医院认识的。当时我爸爸突发脑出血住院，儿子大宝那会儿还不到六个月，妻子根本无暇顾及我爸爸这边，我和妈妈两个人在医院轮班照顾爸爸。战友的妈妈得了脑梗死造成半身不遂也在那家医院住院。一天晚上，安顿爸爸睡下后，我去水房打水，路过配餐室时听到里面有声响，走进去后见到一个女孩蹲在地上不住地抽泣着，一个从小生活在单亲家庭视母如山的独生女，很难接受妈妈转瞬间就轰然倒下。女孩儿名叫梁丽娜，后来我们互叫对方战友。不过，她一直都说叫我师父更准确，这也不无道理。刚开始的时候，战友几乎完全不会照顾病人，不会打流食，不会使用雾化器，对各种各样的康复器械更是焦头烂额，我的出现恰逢其时。

照顾病人是辛苦的，如果病人还是至亲的话，那就是身心俱疲了，我和战友在相辅相协中共同度过了那段艰难的岁月。两位老人出院后，为了表达对我的感谢，战友主动打电话请我吃饭，我欣然应允。按照礼数我又回请了她一次，我一直都觉得，我和战友的单独见面只有这两次从情理上说得过去。作为一个已婚男人，如果再和一个单身女孩单独见面就有了约会的嫌疑。虽然我很喜欢和战友在一起的那种感觉，但还是委婉地拒绝了她的几次邀请。不过，我们一直没断了联系，微信和QQ上的聊天记录与日俱增。

直到有一天，战友在206路终点站兴奋地向我挥手，我们才又一次相见。对此，她的说辞相当牵强，她说要到亲戚家住一段时间，正好和我顺路。实际上，每天陪我下车后，她都要开车穿越大半个城市回到自己的家中，我装作毫不知情，其实我们需要的只不过是一个借口而已，在太多的心照不宣中，我们一起走过一个又一个美妙之旅。

不知不觉中，已经走到了我家楼下，我不得不暂时将徜徉在云端的思绪拉回到现实之中。打开家门后，大宝蹒跚着扑面而来，嘴里喃喃地喊着："爸爸，爸爸。"我上前一把抱起大宝，心里隐隐有一种说不上来的痛感，或者说是一种负罪感吧。

自从有了大宝后，平时我和妻子单独在一起的时间只有晚上大宝睡了之后。即便如此，我们之间的话题也多半和大宝有关。这个夜晚也不例外。我俩躺在床上，妻子先是兴奋地告诉我大宝拉的臭臭终于成型了，后来又像报菜名一样罗列了新研究的辅食清单，这中间有好几次，我故意抬了抬中指贴着创可贴的右手，妻子浑然不觉。要是以前，我头顶落个树叶妻子都怕砸坏了脑袋，人们都说，宝宝出生之时就是老公贬值的开始，看来此言不虚。

"这周末有个车展，听说优惠力度挺大的，咱一直看好的那款车也参展，咱们一起去看看吧。"妻子说道。

我说："也行。"

妻子说："你别不当回事，你驾照握在手里都快一年了，再不开手该生了。"

见我没反应，妻子又接着补充道："大宝现在越来越大，出去太不方便了。以前你对买车不一直挺积极的吗？要不是我一直强烈反对，你早就贷款买车了。怎么现在这么不上心呀？"

我争辩着说："我没不积极呀！"

妻子仍旧是责怪的口吻："得了吧，都多久没听你念叨了。"

我哑口无言，她说的的确是事实。原先我一直想贷款买车，妻子考虑到本来房贷压力就不小，不愿再添新的负担。现在我们的钱攒得差不多了，可以全款购车了，我反倒不愿意买车了，至于原因，只有我自己知道。

等我想好了托词，妻子已酣然入睡。望着妻子那张素面朝天的脸，想起以前那个不化妆不出门的妻子，巨大的反差让我不禁感慨，生孩子的阵痛让女孩变成女人，带孩子的各种琐碎又让女人变成大妈。我曾经利用周末时间深刻体会到全职妈妈的艰辛，我不该有私心杂念的，应该用全身心的爱来回报妻子的这份艰辛。可是，夜里的梦让我再一次蒙羞，我又梦到了战友，我们之间又做了不该做的事。

"亲爱的，我到公司了，你呢……"

新的一天，从胖妈的电话粥开始。

我浑浑噩噩坐在座位上回味着昨晚的春梦。

"小宋，昨晚又加班了吧？"

门卫葛大爷不知什么时候趴在隔断边上，一脸坏笑地问我，同时把当天的报纸放到我面前，我没吱声，只是机械地咧了咧嘴，算是回应。葛大爷手捧着一摞报纸继续发报纸去了，我打开电脑随手登录了QQ。QQ空间提示好友梁丽娜上传了新照片，一下子吸引了我全部注意力。打开后发现是战友的一组写真照，战友穿着不同款式的衣服展现着不同的韵味，我手中的鼠标在一张张美轮美奂的照片中切换着，尤其是战友的那组民国五四青年装照片，让我久久无法平静，我见犹怜、花容月貌、沉鱼落雁……这些形容女子美貌的词语仿佛一下子找到了具象化的载体。

我忍不住在一张照片下面留言道：俏丽若三春之桃，清素若九秋之菊。发送完之后我马上意识到不妥，想赶紧删掉，可是已经来不及了，战友已经在我的留言下面回复我一个调皮的表情。

下班后，我依然第一个冲出办公室。可是，206路终点站却不见战友的身影。这是我们结伴坐车以来，头一次出现这种情况。我有些失落又满腹狐疑，战友是某政府机关的公务员，从事着一份小学生都能干的简单工作，清闲得很。每天下了班之后，她把车开到岳阳路附近的那个小巷子里，再坐出租车或者公交车早早地到206路终点站等我。我很早就摸清了战友的行踪，却从不点破。

也许是路上堵车吧，我觉得这是最合理的解释。在等了三辆

206之后，战友终于出现了，不知道她是从哪个方向冒出来的，反正当她出现在我面前时，额头上鼻尖上沁出了细密的汗珠，气息也乱作一团。我没问她迟到的原因，有些事情还是尽在不言中更好一些。

"你的发卡呢？"我问。

战友莞尔："扔了。"

我知道自己不能再继续问下去了，气氛稍稍有点尴尬。

"你的手怎么样了？"

"好多了，现在一点都感觉不到痛。"

"那就好，送给你。"

战友从包里掏出一瓶荔枝口味的脉动递给我，是我最喜欢的饮料，我道谢之后接到了手里。

我和战友总是有聊不完的话题，印象中从来没冷过场。上了车之后，战友兴冲冲地告诉我，她朋友介绍了一个石家庄的老中医，治疗心脑血管疾病后遗症非常拿手，这的确是一个振奋人心的好消息，我们相约周末一起去石家庄，正好可以不用去那个车展了。

我本想对妻子实话实说，可话到嘴边却隐去了战友同去的事实。我为什么要隐瞒呢？这个问题困扰了我好几天，在临行前的那个晚上，我辗转反侧。

我越来越觉得，寻医问药只不过是一个貌似名正言顺的由头，去石家庄更像是一场旅行，这才是我和战友在内心深处共同期待的。在隐隐不安中，迎来了新的早晨。一直到出门前，我都不敢正视妻子的眼睛，临出门时妻子"路上小心"的叮嘱让我惭愧不已。

我拖着行李箱来到楼外，忍不住回望三楼的那个阳台，妻子正抱着大宝向我挥手，此情此景令我不忍直视，我逃似的离开了。

在出租车即将到达火车站时，我给战友发了一条短信，上面写着：对不起，孩子病了，不能和你一起去石家庄了。

可以想象战友一个人落寞的身影和失望的心情，但更让我受不了的是良心的谴责。最后我一个人来到了初中时就读的学校，那里有一个很大很空旷的操场，我想置身其中荡涤一下已不再纯净的心灵。

久违了的校园让我忘却了萦绕心头的烦恼，我自己也清楚这只不过是暂时的。和战友之间每一次无意的身体接触，都会让我怦然心动。这种感觉很多年前曾在妻子身上有过，可惜经过岁月的侵蚀，我们夫妻之间就像一潭死水，没有一丝涟漪。我尽量在战友面前保持一个正人君子的形象，但内心经常泛起的阵阵波澜却是我无法控制的。不知道我们这种暧昧不清的关系要持续到何时，我也不想面对这个问题。至于以后这种关系会有怎样的演变，就让未来来回答吧。

人只有在受伤的时候才需要创可贴的陪伴，痊愈之后大多数创可贴都会被一弃了之。可我却不想那么做，在潜意识里，我希望给它一个最好的归宿。手指上的伤好了之后，那块创可贴被我贴在了办公桌上的电脑显示器上。我时常对着它发呆，但总是会有各种各样的人或事打扰到我。这次影响我的是太子发来的 QQ 信息，上面写着："哥，心情不爽，晚上喝一杯吧。"

我不太喜欢酒吧的环境，但还是要舍命陪太子。

"我知道那个痴女是谁了。"

吞掉第一口 CORONA，太子直接开宗明义。

"谁呀？让你这么不爽？"我漫不经心地问。

太子冷笑了一声："我都不敢相信，这货竟然是闻爱丽。"

说完后，太子无奈地摇着头，头顶上梳着的那个小辫子也跟着晃来晃去。

原来太子今天心血来潮，起了个大早，比平时提前了半个多小时来到办公室。刚走到自己的隔断口就看到闻爱丽鬼鬼祟祟地从里面出来，闻爱丽和太子打了个招呼，脸上的表情极不自然。太子进到隔断后，第一时间查看了桌子上的情况，果然发现了一包秋葵干，这才断定是闻爱丽一直在偷偷送秋葵干。

闻爱丽是客服部的，是一个三十多岁的少妇，儿子刚上幼儿园。

"闻爱丽也不错啊，挺妩媚的一个女人。"我打趣道。

"媚个屁，就是一垃圾。"

太子的眉头已经快拧到一起了，脸上的表情沮丧至极。

我本以为，太子厌恶的是闻爱丽孩儿他妈的身份，实际上却并不是那么回事。一瓶酒下肚后，太子慢慢道出了实情。

"哥，你知道吗，那种秋葵干只有江西萍乡才有。在上小学之前，我一直住在江西九江的外婆家。我小时候经常低血糖，外婆用土办法给我买秋葵干吃。但是那种秋葵干非常贵，外公和外婆把大部分退休金都用来买秋葵干了。时间长了我养成了吃秋葵干的习惯，一直到现在。

"两年多以前，当我第一次在办公桌上发现秋葵干时，心里热乎乎的。我没想到那个人会一直坚持送到现在，整整742天。其实我也很好奇那个人到底是谁，可是，我不敢主动寻找答案，我害怕，怕她是一个自己不喜欢的人。现实却……"

太子说不下去了，开始大口大口地喝酒。他的一席话听得我也有些感动，我意外于一直玩世不恭的他也会有在乎的东西，也许每个人都有不为人知的一面吧。就像我，在世人面前，一直是好男人形象，在居住的小区里，我们一家三口一起遛弯的温馨画面经常上演，可谁又能想到其乐融融背后的暗流涌动呢？人有时候并不了解自己，我一向认为自己是一个道德高尚的人，殊不知，在诱惑面前同样不能免俗。如果不是最后一点良知羁绊着,我早和战友到床上去完成那些常规动作了。我能感觉到自己的底线在渐渐模糊,那层窗户纸随时都有可能被捅破。

酒吧里昏暗的灯光特别容易让人沉静,我和太子喝着酒想着各自的心事,彼此之间沉默了很久,连太子什么时候从我身旁离开我都没察觉。等我再看到他时,他正被几个打扮妖艳的小太妹簇拥在吧台不远处的舞池里,忘情地扭动着头顶上的那个小辫子。

如果我像太子一样还没结婚该多好。这个无耻的想法刚一萌发就被我强行扼杀,我为自己有这样的念头感到羞愧。我强迫自己什么都不要去想,现在,这种强制性的清空大脑对我越来越没有效果,我总是会不自觉地冒出一些不好的幻想。那天晚上,我又梦到了战友,我们的身体又一次纠缠在一起。

为了确定痴女到底是不是闻爱丽,我给太子出了个主意,让他临时安排闻爱丽出差。结果在闻爱丽出差那几天,秋葵干照样每天早上出现在太子那张狼藉的办公桌上。太子又恢复往日的神采,继续享受着他的秋葵盛宴。

又到了月初,骆乐乐这个家伙再一次没按时完成"作业",我决定亲自去店里督促一下她。骆乐乐明白我的来意,主动检讨自己的错误。

"领导,我保证您明天一早就能看到我们店的报表。"

她的态度和口音，让我不忍心批评她。

"算你态度还不错。"

我转身想离开，却被柜台里一只制作精美的玉兔所吸引。我下意识地想起，战友是属兔子的，买给她正合适。

"领导，要不支持一下工作呀，您是内部人，可以打六折的。"骆乐乐在一旁不失时机地说道。

我犹豫了一下，不等脑子里的思想斗争开战就白了骆乐乐一眼："你还是好好做你的报表吧。"

骆乐乐只好调皮地朝我吐了吐舌头。

我又一次强制性地让理智战胜了冲动，却不能确定下一次理智一定会赢。

最近一个阶段，白天工作不忙的时候，我喜欢上网看一些情感类节目。原先我对这些情感类节目并不感冒，现在却有些着迷。我把这种喜好上的转变归结为心虚，倾听着情感专家们的各种高谈阔论，我常常假设自己也是一名当事者，和那些情感专家进行了一场又一场激辩。当觉得自己辩不赢的时候，我就会一厢情愿地认为，那些所谓的专家只有在说别人的时候才会慷慨激昂，等真摊到自己头上，所作所为可能比我还要龌龊。

一天临近下班的时候，太子又在 QQ 上给我留言，让我下班后和他一起去看一场好戏。我有自己着急的事情，没心情去看戏，本想拒绝，却被太子强推着上了他那辆迈巴赫。从地下停车场出来后，太子慢慢悠悠地开着车绕过公司附近的一家商场，最后在一个路口将车停下。

太子打开车天窗，给我点了根烟，接着给他自己也点了一根。

"等着吧，一会儿就有好戏看了。"太子边吐烟圈边说道。

我满脑子想的都是快点和战友开始美妙之旅，没搭话。

过了几分钟，眼前风平浪静，我却心急如焚，心里猜想不会是太子知道了我和战友的事，故意来折磨我吧。

"到底带我来看什么呀？"我不耐烦地问太子。

"来了，来了。"太子看着后车镜急促地说道，眼睛里精光闪闪。

在后车镜上，我看到胖妈朝路口走来，走到路边时他停了下来，四处张望了一下，像是在等人。几分钟后，一个健硕的肌肉男出现在胖妈身旁。胖妈的脸上登时荡漾起只有女孩子才有的羞涩，上前一把挽过肌肉男的胳膊，我们没听清他俩嘴上说了什么，只看到他俩像情侣一样走远了。

我恍然大悟，敢情胖妈一直用办公电话煲的是基情粥。

"怎么样？有点意思吧？"太子斜睨着我笑着问。

我有更重要的事，呵呵了一声后就赶紧推开车门，下车后直接开跑，身后响起太子的声音："哥，你这是着急去哪儿，我送你得了呗。"

等我上气不接下气地跑到 206 终点站时，站台上只有战友一个人蹲在地上，我比平时晚了能有二十分钟，看来她也等累了。战友站起来拿出手绢给我擦脑门上的汗，我赶忙接过手绢自己擦了起来。

上车后，战友一直没说话，只是静静地坐在我身旁，这很反常，一般都是她主动找话题和我聊天的。

可能是由于我来晚了的原因，惹她生气了吧。女孩子总会有一些小脾气，也许过一会儿就没事了。我是这么理解的。

两人之间的沉默一直持续了差不多一刻钟，当我想跟她解释一下迟到的原因时，却看到战友的额头上尽是豆大的汗珠，脸色煞白煞白的，右手握成拳头抵在腰间，面部表情极其痛苦。我马上意识到她可能是病了，迅速扶着她在中途下了车，又乘出租车将她送到了医院。经过诊断，战友是急性胆囊炎发作，输液后腹痛逐渐缓解直至消失。

从医院出来后已经是晚上九点多了。医院门口有一个夜市，熙熙攘攘的非常热闹，我们俩很自然地在夜市逛了起来。之前我给妻子打过电话，撒谎说今晚要加班。在电话里我听到妻子正哄着大宝吃饭，只说了一句"好好好，知道了"，就挂断了电话。我又一次为自己的谎言自责，只是照比原来，这种自责所能持续的时间已经非常短暂。

战友在一个卖手机贴膜的摊位前蹲了下来，我也在摊位前驻足。那位摊主坐在凳子上抬头看见了我，像发现了新大陆一样："哟，这不是领导吗？"

不用和摊主对视，听声音就知道她是骆乐乐。

"这位是您爱人吧，真是大美人呀！"骆乐乐望着战友惊喜道。

我顿时紧张起来，感觉脸上直发烧，随口敷衍了骆乐乐几句后就带着战友落荒而逃了。

太子一直为在胖妈身上的意外发现而沾沾自喜，不过，我的一个更大的发现马上就让他高兴不起来了。

胖妈是一个网购达人，每天都能收到一些快递。我代他签收过很多快递，一个偶然的机会，我注意到替他代收的一个快递包裹上，发货地写的是江西萍乡。太子和我说过，他吃的那种秋葵干只有萍乡一个地方生产。这么看来，那个一直暗送秋葵的痴女很可能就是胖妈。我忽然觉得胖妈在我面前是如此陌生，也十分惊奇，不仅仅是男人的爱情可以同时分给多个女人，原来基情也是可以四射的。

当我把这个发现告诉太子时，他的脸都绿了。为了在第一时间验证这个发现的准确性，太子通知胖妈连夜赶到南方某地出差。

第二天一大早，当太子顶着两个黑眼圈心事重重地进到办公室时，在隔断口徘徊了很久，迟迟不肯进去，我知道他无法接受原先的那些美好记忆一下子变成了一段基情燃烧的岁月。

行政部的李姐，看到此情此景，误以为太子对没给他及时更换新的电脑（前一天下午因为心烦游戏打得不顺，太子砸坏了自己的电脑）不满意，诚惶诚恐地过来解释原因。

太子没等李姐把话说完就不耐烦地摆了摆手，李姐知趣地连忙退回到自己的隔断里。又过了一会儿，太子像下了很大决心似的冲进隔断里。最终的结果让太子长舒了一口气，他拿着秋葵干冲我做了个鬼脸。

为了表示庆祝，中午太子请我吃饭，还喝了酒，最后他大着舌头对我说道："哥，说实话，我是真害怕。我害怕是报应，上初中那会儿，我喜欢捉弄人，我偶然知道了班上的一个女生暗恋我们班体委，有一天我模仿体委的笔迹给那个女生写了一封情书，偷偷放到女生的书包里，在情书的最后约那个女生半夜十二点去学校大门口。结果那个女生真去了，还在学校大门口等了一宿。当时正是冬天最冷的时候，那个女生被冻得发起了高烧，被送到了医院。不仅我们班，全校都知道了这件事，却不知道到底是谁搞的恶作剧，我也不敢承认是自己干的。女生病好了之后就转学了，放在教室里的东西是她妈妈替她拿走的，她妈妈当着全班同学的面，含着眼泪诅咒那个伪造情书的人将来一定得不到幸福。"

眼前颇为动情的太子，让我感到些许不安，我担心当那个痴女真正现身的时候，依然是一个不能让太子满意的人选，真到那个时候，他能接受得了这份打击吗？

日子在不经意之间慢慢流走，我和太子分别享受着各自不同的愉悦和快感。从表面上看，我和战友还是没有任何出格的身体接触，仍然是纯洁的朋友关系。但是，只有我自己心里清楚，越来越频繁的心猿意马让我离正确的航道越来越远。我深刻地体会到《红楼梦》里的一句话：妻不如妾，妾不如妓，妓不如偷，偷不如偷不着。想必战友也是感同身受，我能百分之百地肯定，如果不是自己一直绷着，我和她早就滚床单了，她也不会像现在这样迷恋我。我有时会责怪自己把简单的问题复杂化了，这其实是在给随时都有可能发生的放纵找借口，我明白自己已经处在一个非常危险的境地，但我确实停不下来了。

真正的考验在那天晚上突然而至。

手机已经振动了很久，我还在犹豫接不接战友的电话。平时她是很有分寸的，从不会在我已经回家的情况下给我电话或者发微信聊天，基于这一点，我判断战友一定是有急事，于是接听了电话。不出我所料，战友只是报了个地址，说了一句"快来救我"，电话那头就没了声音。我的心一下子提到了嗓子眼，没来得及和妻子撒谎就夺门而去。

当我赶到那家饭店大堂时，战友已经不省人事，正被一个看起来四十多岁、油光锃亮的光头往门外拖。我大声呵斥光头住手，光头见状扔下战友就灰溜溜地跑了。我上前将战友抱起扛在肩上。

我实在想不到合适的去处，只好在一家酒店开了间房。当我把战友放到床上时，我并没立刻起身，而是俯身用贪婪的眼神望着楚楚动人的战友，她身上的芳香令人陶醉。正如我之前一直幻想的那样，机会一旦出现，我根本把持不住自己。

先前的贴身接触早已让我的敏感部位处于失控状态，房间里暧昧的灯光不断刺激着我的神经，床头柜上醒目摆放着的计生用品，更是让我浑身上下悸动不已。我体内的荷尔蒙在沸腾，它们在寻找一个突破口喷涌而出。我觉得口渴得厉害，并且快要喘不过气了。就在这时，战友欠了欠身，嘴里哼哼叽叽不知道说了句什么，恍惚中，我仿佛听她在喊着我的名字。

我轻轻唤了一声："丽娜。"

战友如条件反射一般伸出双臂环住了我的脖子，她的这个举动给了我勇气，或许她也在顺水推舟吧。

我的心理防线彻底决堤，闭上双眼朝战友的朱唇吻去。眼看着火星就要撞到地球，耳边突然响起了刺耳的电话铃声，我犹如触电般睁开了双眼，有种一盆凉水从头浇到脚的感觉。我坐起身来从战友包里掏出那个仍在响个不停的手机，屏幕上显示：妈妈来电。我眼前即刻浮现出那个走路踮脚、一条胳膊只能弯曲的老太太，一个母亲在深夜担心自己的女儿，如果她知道自己的女儿此时正处于一种意识不清、无法自我防卫的状态下，该会是一种怎样的心痛，应该可以和生不如死画等号吧。

我无法接听这个电话，只能关掉声音任由它去。我同样无法接听自己手机上的多个未接来电，我不想再对妻子撒谎，但又找不到合适的言语来让自己心安。经过这么一番折腾，我身体里人性的部分又重新占据了上风，我到卫生间里用冷水把残余的那点兽性洗掉。回到房间后坐到沙发上，把战友一个人留下肯定是不适合也是不安全的，我打算坐着陪她到天亮。

我静静地欣赏着一幅以睡美人为主题的美丽画卷，为刚才自己意外中止了行动暗自庆幸。男人和女人一旦发生了关系，所有的一切都会迅速发生质的改变，就像那些在地底下埋藏了千年的绢帛在重见天日的一瞬间就灰飞烟灭一样。相互之间的客套和矜持没有了，取而代之的是毫无顾忌地打嗝、放屁、说脏话，原先的那种朦胧的美感一去不复返。这样的轨迹曾经真真切切地发生在我和妻子身上。

战友在几个小时后彻底清醒，她告诉我那个光头是她单位的领导，晚上突然打电话约她出来说有要事相谈。等战友赴约之后才得知，光头的老婆怀了二胎，想在老婆怀孕期间，让战友来满足他的生理需要，回报是职位上的升迁。战友当即拒绝了光头的无耻要求，也同时感觉到之前喝的那几口饮料不太对劲，就赶紧给我打了电话。

对于战友的遭遇，我出离愤怒。当即决定要动用社会关系教训一下那个光头，就像当年妻子受欺负了我替她出头一样，却在最后马上要实施那一刻选择了放弃，因为我猛然间意识到了一个重要的问题。

如果不是战友说她有危险，我永远都不会知道自己是那么担心她，那种感觉是无法自欺欺人的。如果不是战友说那个光头要欺负她，我永远都不会体会到她在我心目中已经成为专属品，那是一种只有雄性动物才有的强烈占有欲。这是非常可怕的，这充分证明了我已经动了真情。即使我们没有发生关系，也足以让我坠入深渊。我有一种不寒而栗的感觉，第一次有了要结束这种关系的想法。

我想过直接告诉战友以后不要在车站等我，可每当面对她时都会忘记之前想好的台词。我也想过用消失来告别，却怎么也控制不了自己的双脚。为此我苦恼了好一阵，只要战友不在眼前就会被莫名的烦恼所笼罩。后来我想通了，万事万物都有一定的惯性，刹车太急容易出事故，我需要做的只有耐心等待，用时间来换取空间。

对于那晚的夜不归宿，我最终还是对妻子说了谎，她对我的话总是深信不疑，这让我更加无地自容。

那块创可贴的黏性已所剩无几，开始的时候我还经常用手去抚平它的卷边，使其能和显示器紧紧联系在一起。随着心情逐渐跌落谷底，我也懒得管它了。

正如牛顿通过一个苹果发现了万有引力定律一样，现实生活中，有很多秘密都是在不经意间被意外发现的。那天早上，葛大爷像往常一样到办公室来分发当天的报纸，在给太子发的过程中，我拿着一份需要太子签字的文件也来到太子的隔断里。虽然葛大爷的动作很快，也很隐蔽，但还是被我逮了个正着。

我不相信葛大爷也是一个基情分子，其实那个痴女一直躲在幕后。经过我的一番"严刑拷问"，葛大爷终于和盘托出，揭开了那个痴女的神秘面纱。同时我也知道了一个对太子有些残酷的现实。

几天后，太子没能如期看到一包秋葵干躺在桌子上等他，他翻遍了桌子上的每一个角落，让原本覆盖在上面的各种杂物散落了一地，可结果还是让他失望了。

看到这一幕，我也有些难过。我知道，那个无言的约定在陪伴了太子两年多之后，将会迎来一个有声的告别。不一会儿，骆乐乐大步流星地来到办公室，径直走进太子的隔断。骆乐乐左手拿着一封辞职信，她要回老家唐山结婚了；右手拿着一包秋葵干，这是最后一次，她要亲手交给太子。

我不知道骆乐乐对太子具体都说了些什么，只看到她离开好一会儿了，太子还半张着嘴巴眼神空洞地呆坐在椅子上，是怅然若失，还是现实来得太突然根本没反应过来？无论是什么，都只有他本人清楚自己内心的真实感受。

并不是所有的丑小鸭都能变成白天鹅，也不是所有爱情故事的结尾都是王子和公主从此过上了幸福的生活。但这并不意味着注定没有结果就一定不去付出，就像骆乐乐，明知道和太子是两个世界的人，却仍然用自己的方式来表达对太子的爱。相对于骆乐乐微薄的工资，秋葵干的价格无疑是高昂的，但和对太子的爱相比又是微不足道的，所以骆乐乐选择利用业余时间去摆地摊赚钱。这种默默的付出是不求回报的，也是伟大的。这种无私的大爱很多女人都有，比如我的妻子，对于她，我都做了些什么呢？

那块摇摇欲坠的创可贴最终被我揭了下来，捏成球扔进了垃圾桶里。几乎在同时，我拨通了4S店的预约电话，准备下班后过去把早就看中的那款车买下来。

书
香

　　第一次看到那本书，是在去山东的火车上。我在硬卧车厢，看到它静静地躺在那个属于我的中铺上，以深蓝色为主色调的封面，有几分神秘的意味，书名叫《赦免之日》。

　　问了周围的旅客，没人说自己是书的主人。于是，我躺在铺位上，拿起那本书随便翻看了起来，原来是一部小说。当看到第三页的时候，我就已经确定这是一部非常不错的悬疑小说，以前遇到这种情况我会选择一口气把书看完，但现在的我却强迫自己只能看二十页。

　　这是我对自己的惩罚，一直以来我都是一个十分贪婪的人，对任何事情都是如此，我本已拥有上千万的资产，却因为贪婪放弃了实体经营，把钱全投进虚无的股市中。在著名的五三零股灾中，我的万贯家产全部化为乌有。后来我妻子方慧在一天早上突发脑梗死，进而查出得了肝癌，已经是晚期，当时医生说最多只能活半年。我当时心想，无论如何，只要妻子活着就好。经过多个疗程的化疗放疗，方慧的肝癌竟然奇迹般地康复了。我心里起了微妙的变化，希望妻子不仅癌症可以治好，脑梗死造成的半身不遂也能痊愈。几经辗转，我找到了一个治疗半身不遂有奇效的偏方。不过，开方的那位老中医却说，偏方对方慧这样的癌症患者可能会有极大的副作用，要慎重。

对于老中医的忠告，我抱着一种侥幸的心态。我无法接受方慧变成残疾人的现实，希望她能像以前那样，每天唠唠叨叨地在我身旁说这说那，我们两个人早晨一起去早市买菜，晚饭后一起去公园遛弯，每年都出去旅行一次。现在想想我太不知足，太贪心了。仅仅喝了两服药，方慧就离开了人世。我追悔莫及，这些年一直生活在悔恨之中。

当看完第十八页，正准备翻页的时候，我忽然闻到一股熟悉的味道，香香的，这种香味来源于一种老牌化妆品：友谊牌雪花膏。我急忙挺身环顾四周，周围和先前几乎没有变化。我黯然躺回铺位上，可是，鼻子周围的雪花膏味却愈加浓烈起来。是方慧吗？没错，一定是方慧，和她身上的味道完全一样。很久没闻到这种味道了，我不禁热泪盈眶。虽然她没有现身，但我知道方慧回来了。

"方慧，是你对吗？在你离开的这些年里，我无时无刻不在想你，对不起，是我害了你。"

我从铺位上跳了下来，对着空气说道。全然不顾周围异样的目光。

"方慧，你过得好吗？我过得不好，非常不好……"

我哽咽了，以至无法说出话来。这一幕发生的时间是 1999 年 5 月 12 日，我去山东是和一个朋友合伙投资一个金矿。但是，当我到了那座金矿后才发现自己被骗了，金矿已开矿多年，早已开采殆尽，我的那位朋友也拿着我的投资款不知去向。我身上只有不到两千块钱，也无颜面对家乡父老，只得暂时在金矿周围住下来寻找机会。

金矿每天都会把大量经过提炼分离之后没用的矿砂运出矿区，这些矿砂民间俗称为矿泥。矿泥虽然是剩下来的，但由于矿上的工艺比较粗糙，在矿泥中说不定哪一片区域里就含有一定量的黄金。也正因为这个原因，每天黄昏时分，矿上都会派人把矿泥分割成数份堆在矿门口，三百元一堆，自由挑选，也能吸引到大批淘金者去碰运气。说碰运气其实并不准确，究其实质和赌石差不多，还是有一定的技术含量。只不过这种技术掌握在一些经验丰富的矿工手里，并不为我们这些外行所了解。一堆一堆的矿泥在我看来并没有什么区别，淘金者们要想混得开就必须和那些老矿工搞好关系，在这方面我也曾做过努力，但无奈囊中羞涩，一直不招人待见。不过，地处深山又交通闭塞的矿区是一片男人的海洋，钱对于那些矿工的吸引力并不是最大的。在众多的淘金者中，有一个三十多岁来自黑龙江的小媳妇，每次淘金都能淘到宝，个中原因，用脚后跟也能想到。

矿区的居住条件非常艰苦，山根底下布满了大大小小的帐篷，小的是淘金者们自己搭的，大的是矿上为矿工们搭的，我嫌太闹腾了，把自己的帐篷搭在半山腰上。

山里的夜晚是漫长难熬的，我总是用早睡来抵御无尽的黑夜。一天晚上，我躺在帐篷里翻来覆去睡不着，突然想起在火车上捡到的那本《赦免之日》，于是点上油灯看起书来。看着看着，那股熟悉的雪花膏味又扑面而来，我兴奋不已。

"方慧，你终于又来了，我就知道你肯定不舍得把我一个人留在大山里。"

这时外面忽然刮起了大风，本就四处透风的帐篷一下子膨胀了起来，并且很快剧烈地摇晃起来。对此，我并不在乎。我真正担心的是大风会把方慧的气息吹走，事实上从狂风闯进帐篷那一刻，我就感觉到雪花膏的香味被冲淡了。我急了，迅速冲出帐篷，我要把方慧追回来。

我刚出帐篷，就听到固定帐篷的绳索一根根被扯断。帐篷刚变成风筝还没来得及飞上云霄，就被一块从山上滚落的大石头压倒，那块大石头只亲密了帐篷一刹那，就继续呼啸着奔向山下。

我禁不住倒吸了一口凉气，原来方慧在用这种方式来告诉我有危险。此时，狂风顺着宽阔的山口冲到山腰，然后更加凶猛地暴虐着直奔山下，凄厉的呼啸声令人胆寒。山上传来噼里啪啦击打地面的声音，我料定还有石头从山上滚落，意识到山下的人有危险，赶紧跑到山下报信。实际情况正如我预料的那样，好在我报信及时，山下的人没出现人员伤亡。

这段插曲给我带来一个意外的收获，那帮矿工感念我的救命之恩，让我面对一堆堆矿泥时不再无所适从，我也由此挖到了人生中的第一桶金。归根结底，这都是方慧的功劳。我的人生终于有光芒出现，不是因为我有钱了，而是因为方慧会经常来看我。只要我想，她就会来看我。只要我去读那本《赦免之日》，那种雪花膏的香味就会出现，而且每次都是读完十八页的时候准时出现。我为自己能发现这个秘密激动得好几天睡不着觉，更惊讶于那本书的神奇。它就像一座桥一样连接着我和方慧，或许它就是方慧从另一个世界送来的。我们的心一直都是相通的，她也一定很想我。

即便如此，我并没有选择毫无节制地读书，每天只在临睡前读上十八页，生怕因为自己的贪心再一次失去方慧。但我还是希望方慧能现身，我能看到她，她也能和我说说话，别总是让我一个人唱独角戏。

那天晚上，我坐在书桌前照例打开了那本《赦免之日》，一页一页慢慢地读了起来，小说里有很多知青下乡的内容，让我读起来很亲切。不一会儿，十八页就读完了。方慧再一次来到我身边。

我放下书，缓缓站起身来。

"方慧，你看到了吧，我身上的毛衣是晓雅大学毕业那年你给我织的。时间过得真快，咱们结婚那年，我二十八，你二十五，一年后有的晓雅，今年晓雅都三十一了，一转眼的工夫连点点都上小学了。你还记得吗，小时候咱俩总愿意去斯大林广场玩，有一次，广场放烟花，里三层外三层围了好多人，散场时我们被人群冲散了。我能听到你的哭声却看不到你的人影，大人们的腿像流动的墙将咱俩阻隔，情急之下，我开始咬那些腿。一个壮汉被我咬疼了，嘴里一边骂我一边像拎小鸡似的把我提了起来，他下手很重，我却不觉得疼，因为我终于看见了你。

"方慧，我很后悔，后悔很多事都没听你的话。就像那一年，你顶着大雨走了二十多公里山路到我下乡的知青点来看我，你告诉我国家要恢复高考了，让我抓紧时间复习。我却不当回事，把你带给我的书都擦屁股用了，等高考真正来临时一败涂地。还有我刚进厂的时候，你让我选择一个技术工种，我却贪图力工的工资高去做最没技术含量的力工，结果1998年厂里第一批下岗名单里就有我，害得我背井离乡跑到山东的大山里淘金。

"唉！我怎么又说这些不开心的事情了。方慧，这段时间我一直都有一个想法想对你说。你一定记得，那一年，你十四岁，我要去庄河插队下乡，临走的时候，你来送我，你拽着我的衣袖不肯让我走，哭着问我什么时候回来。我让你闭上眼睛数二十个数，数完了我就回来了。谁都知道那是骗人的话，可是现在我想郑重地对你说，方慧，让我再见你一面行吗？我闭上眼睛数二十个数，等我数完了，你就现身，好吗？"

我闭上了双眼，自顾自地数了起来："1、2、3、4……"

我数得很慢很慢，我能感觉到有两行温热的液体滑过脸颊。二十个数终于数完了，我慢慢睁开双眼，眼前出现一张女人的脸，眼睛里盈满的泪水模糊了我的视线。我连忙拭去那些泪水，可是，结果却让我失望了，眼前的这个女人是我和方慧的女儿晓雅。

"爸，我知道，您对妈妈的死一直很自责，也知道您非常想念妈妈。但是您应该明白，人死是不可能复生的，妈妈她永远也不可能再回来了。您刚才说的那些都只是您的幻觉。"

"不，不可能是幻觉的！"

我厉声说道，对晓雅的话我无法接受。

"爸，您不觉得您刚才的话里有很多逻辑和时间上混乱的地方吗？五三零股灾发生的时间是 2007 年，我妈去世的时间是 2010 年，而您去山东是在 1999 年。还有，那块大石头从山上滚下来的时候，您并没有在看什么书。当时您正和我妈在通电话，您嫌信号不好才出的帐篷，这些您都不记得了吗？"

尘封的记忆被唤醒，但我更愿意相信先前的那个版本才是真实的。我转身看到了放在书桌上的那本《赦免之日》，像看到救命稻草一样急忙抓了起来，却又被晓雅抢在了手里。

"爸，您看，这本书是 2015 年 10 月出版的，它是点点在地铁里捡到的，并不是您在去山东的火车上捡到的。"

我不愿意相信晓雅的话，但书的版权页上清清楚楚地写着：2015 年 10 月第 1 版。我有一种天旋地转的感觉，不知道自己到底置身在何时何地。

"可是，我确实闻到了你妈身上的那股香味啊。"我喃喃地说道。

这时，晓雅把点点从另一个房间喊了过来。

"儿子，帮妈妈一个忙，替外公翻书。"

说完后晓雅又对我说道："如果您不相信我说的，咱们可以做一个实验，您现在就看这本书，但要让点点替您翻书。"

我不太理解实验为什么要用这么奇怪的操作方法，不过，我在乎的是实验结果，所以我同意了晓雅的提议，再一次读起了那本书。

尽管对于书里的每一段话，每一个字，每一个标点符号，我早已熟稔于心，但我还是十分认真地去阅读，把每个字都踏踏实实地装进心里。很快，十八页读完了，那股雪花膏的香味并没有出现。我不甘心，又读了十八页，甚至停下来，用鼻子认真地嗅了嗅周围的空气，可还是什么味道都没有。

"别让点点捧着书了，怪累的，也许你妈只喜欢单独和我在一起。"

我选择了回避，晓雅却穷追猛打。

"爸，您别再自欺欺人了。您注意到了吗？刚才点点翻书页的时候是手指捏着每页纸的右上角翻的，而您平时看书是怎么翻页的呢？"

我不用回想就知道自己的翻页方式，我是用手蘸着口水去捻页，很多人都有我这样的习惯。

晓雅举着那本书接着说道："这本书我前几天专门拿去做过检测，今天得到的检测结果是在每一页右下角的位置都含有苯丙酸酮，是一种慢性毒药，它能让人产生幻觉。您最近不一直说身上乏力吗？其实就是中毒了，您不能再看这本书了。"

后来，那本书被晓雅烧掉了。有一种莫名的失落笼罩在心头，方慧真的永远离我而去了吗？不过，我很快就发现有没有那本《赦免之日》对我来说已经不重要了，因为我又重新找到了和方慧连接的那座桥，桥的名字叫作：苯丙酸酮。

每天晚上，我都会走上那座桥，去迎接那扑面而来的阵阵香气。

卷二

怨憎会

世人薄俗，有爱亦恨，相爱相杀，遂成大怨。

路
灯

　　凌晨两点半，她还是没出现，看来这一次我又将空手而归。已经五年了，每到除夕之夜，我都会准时守候在这条街道上，一直要等到大年初一的凌晨。我还要继续等多久呢？她为什么就不能给我一个赎罪的机会呢？

　　一阵寒风吹过，脸上有种被无数个小刀割裂的感觉。我点燃了仅剩的一根烟，深深地吸上一口，经过肺脏的一番过滤后，一股白色气体从我嘴里悠悠地钻了出来。我是一名环卫工人，也就是大家俗称的"扫大街的"，连同脚下的这条锦云街，附近的七条大街都是我负责的区域。大年三十是一个特殊的日子，每到这一天，我们都需要有人一直加班工作到凌晨一点。五年前的那个除夕之夜，我非常不走运地成了那个要加班的人，更不幸的是，我遇到了她……

清扫燃放烟花爆竹留下的碎屑和烧纸留下的纸灰，是大年三十这天的主要工作内容。我们当地有一个请神的习俗，所谓请神就是每到过年的时候，家家户户都要在除夕这天晚上十二点之前出门烧纸，把故去的亲人请到家里来一起过年。那个除夕之夜，我一个人整整清理出三车的垃圾。十二点之后，到街上放鞭炮的人渐渐少了，临近后半夜一点时，七条街道已经被我清扫得干干净净。我推着手推车来到锦云街，准备把车和扫帚放到仓储房里就下班回家。我记得非常清楚，那天晚上没有月亮，加上当时锦云街还没有安装路灯，整个街道漆黑一片。

　　该死的，为什么还不安装路灯呢？我在心里暗暗骂了一句，不由得想起同样是一个没有月亮的夜晚，有一位环卫工人在锦云街工作时命丧车轮之下。那位环卫工人的父母双亲无论如何都想不通，自己的儿子一向与人为善，从未做过任何伤天害理的事情，为什么会遭此厄运？那位环卫工人却在临死前安慰自己的父母道："也许凡事不一定都是先有因后有果，也可能是先有果后有因。爸妈，你们不要难过。"

　　就在我摸着黑掏出钥匙准备打开仓储房门时，耳边传来一阵轻轻的脚步声。我下意识地侧头朝声音传来的方向望了一眼，因为实在是太黑了，我看不清那个人的样貌，只能模模糊糊地看到一个娇小的身影慢慢地走着，手里不知道拎着一包什么东西。在离我差不多有三十米远的地方，那个人影停了下来，约莫着有个一分钟的工夫，亮起了一团小小的火光。借助那片微弱的火光，我看到一个女人正蹲在地上烧纸。

那个女人穿着一件旧式棉大衣，头上戴着一顶绒帽子。手上不停地往火堆里放纸。鞭炮留下来的硝烟依然弥漫于空气中，严重阻碍了我的视线。我还是看不清女人的脸，只能从衣着上判断她应该是一个上了年纪的人。我这个人稍微有一点强迫症，即使剩一点垃圾也还有早班的同事来打扫，可我还是希望在自己的工作时间内把工作区域打扫得一尘不染。尤其是在大年三十这个特别的日子，这会让我很有成就感。于是，我决定等那个女人烧完纸，打扫干净之后再下班。

火堆里的纸越来越多，火苗也越来越大，那个女人依然没停止往里面续纸，她身旁有一个打开的包袱皮，上面放着厚厚的一摞纸，我只得耐着性子站在原地等候。终于，在投放完最后一沓纸之后，她手上不再有动作。

眼看着火堆马上要变成一摊灰烬，我拿起扫帚缓缓走上前去。在火光的掩映下，我总算看清了那个女人的脸，是一个慈眉善目的老太太。她的表情有些奇怪，准确地说她根本没有表情。她的眼神很空洞，好像一直盯着火光，又好像只是落在面前的空气上。即便是我走上前之后，老太太也没有什么反应，就好像我根本不存在一样。只剩一小团火苗在火堆里顽强地舞动着，照得老太太那张面无表情的脸一闪一闪的。等那一小团火苗偃旗息鼓了，老太太才慢慢站起身来。

现在想想，我当时太心急了，我想快点回家吃上年夜饺子。在那摊灰烬依然有无数个火星子不停闪烁的情况下，我手中的扫帚已经发动了，这是一种对死者大不敬的行为，但当时的我一心想早点下班回家，根本没有意识到这一点。我原以为，那个老太太会埋怨我几句，可她却一句话也没说。

锁上仓储房之后，我忍不住又往刚才烧纸的方向瞅了一眼，发现那个老太太还立在原地，一动不动。不知为何，眼前的情景让我心里一激灵。我赶紧转身就走，在回家的路上，我越想越觉得不对劲。太反常了，不只是那个老太太的表情，她整个烧纸的过程似乎也很诡异：

首先，她是在请神吗？如果是的话，为什么选在午夜十二点之后，这不合规矩的。如果不是的话，她深更半夜又在给谁烧纸呢？

其次，地点有问题。一般烧纸都选在道口，按照迷信的说法那是人间和阴间相通的地方，那个老太太却是在一个远离道口的门洞前烧纸。

再次，烧纸的流程也不对。正常的程序是先画出一个圆圈来，所有的黄表纸要在这个圆圈里烧，而且在正式开始烧之后，要迅速甩出两三张燃烧的黄表纸到圈外给"小鬼"的。这些那个老太太都没有做。

最后，在我走上前之后，我闻到了一股十分奇特的味道。虽然只是淡淡的一种感觉，但我能分辨出，和一般的烧纸味是有一些不同的，具体的我也说不上来，空气混杂了多种味道，尤其是硝烟味影响了我的判断。

我刚刚遇到的真的是人吗？想到这一层，我忍不住打了一个寒战。回到家后，我匆匆吃过几口饺子就上了床。因为心里不踏实，我翻来覆去几乎一夜未睡。早上还不到五点半，我走出家门，一路小跑着来到锦云街仓储房里。还好，早班的同事还没到岗，前一天晚上的垃圾还没被运走，垃圾的最上一层是老太太烧过的那摊灰烬。一番摸索后，三片半个小指盖大小的碎屑被我找了出来。很快我就有了一个新发现，三片碎屑尽管已经被火熏黑，但从纸质上判断绝对不是一般常见的黄表纸。围绕在那个老太太身上的谜团又多了一层。一种前所未有的恐惧从身后袭来，后背渐渐从冰凉到彻骨。我很害怕由于自己的一时疏忽，触动了什么不干净的东西，更后悔自己为什么当时不能耐心地再等待几分钟。同时，不知道为什么，那位环卫工人临死前安慰父母的话格外清晰地在我耳边反复响起。

"也许凡事不一定都是先有因后有果，也可能是先有果后有因。"

"也许凡事不一定都是先有因后有果，也可能是先有果后有因。"

"也许凡事不一定都是先有因后有果，也可能是先有果后有因。"

联想到最近半年来，家里发生的一系列不幸，我忽然意识到，这句话似乎很有道理。

五个月前，我爸爸在单位体检中查出得了淋巴癌晚期，两个多月后就匆匆离开人世。

一个月前，我妈妈突然人事不省，醒来后就精神失常了。

这些不幸，会不会正是因为我不等老太太的纸彻底燃尽，就贸然上前打扫呢？我觉得是。正因为如此，五年来，我一直没有放弃对她的寻找，我想当面向她承认错误，希望能求得她的原谅。可是，她像是故意和我捉迷藏一样，总是在梦里出现。在我工作的时候，她甚至会忽然出现在某个窗台，然后又迅速消失不见。她似乎在我的生活里无处不在，又总是不肯现身，我的生活彻底乱了套，我感觉自己快要疯掉了。

事情终于在仓储房的一次被盗后出现了转机。那天，我和警察一起去调取附近的监控视频时，偶然在一段视频里看到

144

了那个老太太的身影。视频不是太清楚，我还是一眼认出了她。老太太还是原来的装扮，还是蹲在地上烧纸，时间是前半夜十一点多。

原来她并不是只在大年初一凌晨出来烧纸，原来她出没于半夜时分。我意识到自己在认识上犯了一个大错误。

于是，我把等候她的时间调整到了每天半夜。功夫不负有心人，终于在一个午夜十二点半，她出现了。

同样的地点，同样的衣着，同样的流程，同样的表情，唯一不同的是时间过去了五年多。噢！对了！还有一个不同之处是锦云街终于安上了路灯。尽管一直期待着这一刻，尽管这次有路灯给我壮胆，但当她真正出现的时候，我还是感到心里一阵阵发毛，浑身震颤不已。不知不觉中，我竟然激动得流出了眼泪。抬头望天，这个夜晚依然没有月亮，我哆哆嗦嗦地把扫帚抓到胸前紧紧地握住，这会让我稍稍有一些安全感。

我和老太太保持着和上次一样的距离，静静地注视着她的一举一动，她所有的动作，哪怕是一个小小的细节都和上次完全一样。我忽然有一种回到了过去的错觉，不过，路旁一排早已泛出黄叶的梧桐树提醒我，现在是初秋时节。这本身就很矛盾，她为什么还穿着冬天的衣服呢？我不敢再往下想了，只希望赶快完成自己一直想要做的事情。

我忐忑不安地迈出有些沉重的脚步，缓缓走到老太太的面前。和那次一样，在老太太的眼里，我只是空气。她只顾着烧着眼前的纸。

　　我又酝酿了一会儿，刚想开口说话，却发现自己对身体已经失去了控制。不知为什么，在心里早已打了无数遍腹稿的忏悔录，这时却一个字也说不出来。我的大脑一片空白，我的舌头，不，我的全身都有一种酥麻的感觉，仿佛一阵风就能把自己吹倒。一时间，我不知道该如何是好，只能站在那里动弹不得。接下来迎接我的将会是什么呢？

　　老太太仍在自顾自地往火堆里续着纸。就在这时，我注意到，包袱里还剩的一小摞纸果然不是黄表纸，而是一种日常生活中常见的纸。我这边正费解着，耳畔突然响起了一个尖厉的女声。

　　"赵婶，你怎么又半夜偷跑出来烧报纸啦！"

　　只见一个穿着睡衣披头散发的中年妇女一边喊着，一边快步走过来把老太太从地上搀起。

　　"我看你这疯病是越来越严重了，快跟我回去吧。"

　　中年妇女说完，就张开手臂去拖拽老太太，老太太极不情愿，想把自己的胳膊从中年妇女的手里挣脱出来，嘴上喃喃地说着一些我听不懂的话。她们两个人就那么僵持了几个回合，最终还是老太太落了下风。

我伫立在寂静的街头，望着她们两个人远去。很奇怪，随着她俩身影的渐渐变小，直至消失，我也逐渐恢复了正常。低头看着那个还没有完全燃尽的火堆和静静躺在地上的一小摞报纸，之前准备好的忏悔录不由自主地从我嘴里冒了出来：

　　"妈妈，对不起，儿子没能给您尽孝……"

走 夜 路

大学毕业那年，我自愿申请去贵州西部一个名叫凤家疃的偏远山村做支教老师。凤家疃村一共有二十七个孩子，在我没去之前，他们每天要走二十多公里山路去另外一个有学校的村子上学。我去了之后，村里把孩子们集中在一起，成立了凤家疃小学。我既是学校的校长又是全科老师。

对于条件的艰苦，事先我是有思想准备的。可是，当我真正来到凤家疃村时，才发现条件差并不是主要问题。对我来说真正的难题是走夜路。女孩子天生胆就小，对黑暗格外恐惧。山里的夜晚寂静得瘆人，每次晚上家访往回走的路上，我都提心吊胆的。一路小跑着回到宿舍后，赶紧钻进被子里，浑身蜷缩成一团，不停地数羊，希望自己快速进入梦乡。来到凤家疃村一个月后，乡领导到学校来看望我。当问到我有什么困难时，我借口听不懂当地方言，希望能临时安排一位翻译，其实我是想找人做个伴儿。乡领导非常支持我的工作，当即决定让在乡政府工作的春梅做我的翻译。

从此，我和春梅形影不离，白天我们一起去上课，晚上一起回宿舍睡觉。春梅身材五短，深眼窝高颧骨，一口别扭的普通话从她宽大的嘴巴里像子弹一样射出来，语速特别快。她比我大五岁，中专毕业后分到了乡政府，一直负责计生工作。

一天晚上家访结束后，我和春梅一边往宿舍走一边有一搭没一搭地闲聊着。路过一片松树林时。春梅侧头问我："你来这么久了，知道这片松树林的故事吗？"

我摇了摇头。

春梅说："其实原来凤家疃有一所小学的。"

我说："这个我知道，现在用的那间教室就是吧。"

春梅说："没错，可惜后来那个男老师跑了。"

我说："为什么？"

春梅说："你胆子那么小敢听吗？"

我说："有你在我身边，有什么不敢的？"

春梅说："好，那我就告诉你。那个男老师姓张，三十出头的年纪。和你一样，也是北方人。有一天晚上，就像咱俩现在这样，张老师结束家访后一个人往回走。路过这片松树林时，突然感到尿急，连忙躲进松树林里方便。就在这时，他听到树林深处有细微的声响，借助微弱的月光，他看到一对赤身裸体的男女正在那儿偷情。这一下子吸引住了张老师，他很享受偷窥带给他的愉悦。第二天晚上同一时间，张老师又悄悄来到松树林，又看到了那对偷情的男女。第三天、第四天、第五天……一连两个多月，张老师天天晚上去松树林里偷窥，每次都能看到那对男女。渐渐地，张老师意识到有点不对劲……"

说到这儿，春梅卖起了关子，停了下来，用询问的目光盯着我。

"到底哪里不对劲，你倒是快说呀。"我催促道。

春梅淡淡一笑道："傻妹子，这你都看不出来？咱们女人是有月事的，哪能天天做那个事儿。呵呵。"

春梅说得很自然，我却觉得面红耳热，只轻声"哦"了一下。

春梅接着说："不仅如此，张老师还注意到，那对男女他在凤家瞳从未见过。你也了解的，村子里总共还不到一百人，时间久了，就算不认识也都能混个脸熟。这里封闭得很，离得最近的远遥村也得七八公里，不可能有外村人大老远天天跑来偷情的。而且还有，每次那对男女偷情时的流程和动作几乎一样。"

"所以呢？"

我心里紧了一下，双手下意识地紧紧抓住春梅的手腕。

"所以，张老师感觉那对男女可能不是活人。"

150

春梅故意压低了嗓音，让我抓在她手腕上的双手不由得用足了十分力。

我颤声问道："不会是真的吧？"

"后来，有一天晚上下起了大暴雨。张老师想，如果在这种天气下还能见到那对男女，他们就一定是非人类。于是，张老师穿着水鞋和雨衣，又来到松树林，躲在一棵树后环伺。可是这次他却迟迟没能见到那对男女现身，这让他对之前的判断动摇了起来。过了很久，张老师觉得有些困了，决定回去睡觉。就在张老师转身的一瞬间，他看到那对全身赤裸的男女，静静地并肩站在他面前，身上没有一丝一毫被雨水淋湿的地方。那个男的用一种近乎磁带走调的声音说道：'你在等人吗？'张老师已经被吓傻了，双腿瘫软无力，直接坐到了地上……"

"你快别说了。"

从春梅嘴里蹦出的每一个字都如石破天惊般撞击着我的耳膜，冲击着我的神经，让我心惊肉跳，我不敢往下听了。

夜里睡觉时，我把头紧紧地捂在被子里，越想快点入睡越睡不着，脑子里尽是那对偷情男女的身影。

从那以后，那片松树林就成了我的心结，即使是白天路过，我也会胆战心惊，我的胆子似乎更小了。有一点一直让我十分好奇，凤家疃村的人不论男女老少胆子都大得出奇，就算是半夜十二点，五六岁的小孩子或者年轻小姑娘都敢一个人出门。即便那片松树林曾发生过那么可怕的事情，对他们来说似乎也无所畏惧。先前我一个人去家访时，心里特别希望学生家长能送我回宿舍，只是一直没好意思说出口。那些家长没有一个主动提出要送我的，我当时还怪他们不懂人情世故。后来我才明白，对于他们来说走夜路并没有什么可怕的，根本就不需要送。

有一次，我专门问春梅，凤家疃村人的胆子为什么那么大？春梅告诉我："凤家疃村民风淳朴，没有歹人作奸犯科，还有一点很重要，凤家疃有吃狼肉的习俗。这里有一句俗语叫'吃狼肉不怕后'，意思是说吃了狼肉后人就不知道害怕了。"

"真有那么神奇吗？"我问。

"应该是吧，反正原先凤家疃的孩子在小时候都要吃狼肉的。只是最近这些年狼变少了，才吃不上了。"

我问："狼肉好吃吗？"

春梅说："不知道，我没吃过，怎么，你想尝尝？"

我不置可否。

日子一天天慢慢流走，我已经能完全听懂当地方言了，春梅也完成了她的使命。可我舍不得她走，总找各种借口不让她回乡政府上班。不过，总拖着也不是办法，春梅终究还是要走了。在临走那天，春梅外出了一趟，回到宿舍后神秘地掏出一个纸包拿给我，打开后发现里面包着一块巴掌大小的熟肉，肉是褐色的，看样子特别像酱牛肉。

春梅兴奋地问我："知道这是什么肉吗？"

我问："酱牛肉？"

春梅说："这是狼肉。"

我眼中精光一闪："从哪儿弄来的？"

春梅说："这你就别管了，快吃吧。吃了你就不会胆小了。"

我只犹豫了片刻，就把那块狼肉给吃了。虽然对吃狼肉胆子会变大的功效将信将疑，但是我讨厌胆小的自己，宁愿信其有。狼肉吃起来口感较硬，不过味道还可以，和猪肉有点像。

春梅走后，我不得不一个人面对走夜路的问题。还好有狼肉垫底，我不至于像以前那么害怕。

一天晚上，给一个学生补完课后，我一个人迈着紧凑的步伐往回走。不知不觉中又来到了那片松树林，我不由自主地加快了步伐，打算快点通过。这时，有一个飘忽不定的声音从树林里传来。我不敢侧头张望，但余光也足以让我看到树林里有个人影，还有低低的呻吟声。

"我吃过狼肉，有危险也不怕。"我暗暗对自己说。

站定后我转过身去，看到树林里不远处，有一个老太太靠坐在一个破旧的轮椅上。我慢慢走上前，老太太灰白的头发蓬乱着，脸上黝黑的皮肤像菠萝皮一样，一双眼睛混沌无神，嘴里喃喃地哼个不停。对于我的到来，她没有任何反应。

我在脑海里快速过滤了一下凤家疃村所有人的面孔，确定没有眼前这个老太太。我本想问老太太是谁，为什么在这里，可话到嘴边又咽了回去，因为我想起了春梅给我讲过的那个张老师在松树林里经历的事情。

在凤家疃这个偏远封闭的地方，怎么会凭空出来个老太太呢？她是人是鬼？我心里起了疑，恐惧在脑子里重新占据了上风。

最后我撒腿就跑，等跑到宿舍门口后，我又后悔了。

也许是自己想多了，她只是一个迷路的老奶奶，我应该帮助她的。

想到这一层后，我又重新跑回松树林。可是，奇怪的事情发生了。前后也就五六分钟的工夫，老太太竟然不见了。我又重新断定老太太和那对偷情的男女一样根本不是人类。我连滚带爬地逃回宿舍。

这件事在三天后出现了反转，那个老太太最终被发现死在离凤家疃村不远的一个小山沟里。她身患重病，是被自己的子女遗弃的。老太太的那双不孝儿女在第一次遗弃后，偷偷躲在一旁，看到我出现在老人面前后，觉得遗弃在松树林里太容易被发现，又迅速将老太太转移到更偏僻的山沟里。

从那以后，我就没那么胆小了，也可能那块狼肉真的有效果吧，我常常这样想。

2013年，我在凤家疃村教过的学生冯娃，考上了我所在城市的一所大学。冯娃专门来看望我，从他口中我得知，春梅已经当上了副乡长。春梅让冯娃替她向我问好，同时还请冯娃转告我，其实当年我吃的那块肉并不是狼肉，那只是一块野猪肉。

钢

锏

　　过了秀水桥，车子终于开上了那条不长也不算短的盘山路，很快就要到家了。这是我三年来第一次回家，也是第一次自己开车回家。

　　已经开了四个多小时车，我身上乏得很，两个眼皮不自觉地往下坠。晚上的山路没了白天的清新自然，更多是阵阵凉意和寂静。已是晚上十点，路上只有我这一辆车，两旁没有路灯，车前的远光灯犹如两把利剑直插进无尽的黑暗中。这条盘山路一共十三盘，刚走到第二盘，我眼前一晃，看到一双闪闪的东西，我赶忙减速刹车，同时打开近光灯，原来是一只兔子。我马上紧张起来，跑过长途的司机都知道一句话：出门千万别亏待肚子，夜里千万别遇到兔子。夜里开车遇到兔子是非常不吉利的事情，有一个破解方法，撒几枚硬币出去。可是，我不用找，就知道自己

156

身上肯定没有硬币。

自打记事起，爹在我心目中的形象就一直是个混混，成天游手好闲的，从不干农活。但他身上从不缺钱，也不知道从哪里搞来的，衣服裤子上的兜子里总是有一堆硬币。我上学每次交的学杂费，都是用硬币交的，时间久了，同学们都叫我"钢镚"。所以我一直讨厌硬币，自己能挣钱了以后，身上一有硬币就赶紧花出去。没想到却在这个时候因为身上没硬币犯了难，此刻，那只兔子正趴在车前不远处静静地望着我，它眼睛里闪烁的红光格外刺眼。我犹豫了一会儿之后缓缓启动车子，绕过那只兔子继续赶路。

我身体前倾着，双手紧握方向盘，开得很慢，也很小心，生怕眼前的康庄大道突然变成悬崖峭壁。开了能有个五六分钟，才来到第三盘。没等松口气，我就发现兔子又出现了。我不确定是不是同一只兔子，但看起来很像，姿势和刚才一模一样，静静地趴在地上。我不得不又一次停了车，心里暗暗责怪娘不该打电话叫我回来，但我也清楚娘叫我回来肯定是有重要的事儿。三年前，因为我家拿不出彩礼钱，和我青梅竹马的桂桂成了别人的媳妇。我发誓不出去混出个样儿来决不回家，事实上在外闯荡的这三年我成功了。要不是后来炒股赔得底朝天，我完全可以大摇大摆地衣锦还乡，不用像现在这样摸着黑偷偷往家赶。

不做亏心事，不怕鬼叫门。原先我一直都认为，那些夜里开车遇到兔子的司机多半是做了亏心事，现在我愈加觉得自己的理解是正确的。也许，四个多小时前，从我偷了这辆车开始，这只兔子就已经在这条路上等着我了。当时我真是昏了头了，看到这辆红色的江淮瑞风S3，脑子里就自动浮现出自己一直喜欢的那款车。本来定金都已经交了，却因为我的贪心，让那些血汗钱全在股市里蒸发掉了。想到这儿，我觉得十分对不起这辆江淮瑞风S3的车主，开着不到十万块钱的国产车，想来也不是什么富裕之人。可能是贷款或者攒了很久的钱才买的车吧，却被我一念之差偷走了。

我忽然意识到也许车上有硬币，迅速翻找了一番后，却一无所获。那只兔子依然一动不动地停在车前，车里有些闷热，我感到快要窒息了，硬着头皮再次启动了车子。很希望此刻能有别的车辆经过，却一直没能如我所愿。我有一种强烈的预感，那只兔子还会再一次出现。果不其然，当车子开到第七盘时，那对红色的荧光眼又出现了。我有些恼怒，也可以说是愤愤不平。我有生以来只犯过这一个错误，为什么要这么不依不饶呢？在现实中有那么多恶贯满盈的坏蛋能逍遥法外，凭什么偏偏找我的麻烦？

这一次我不打算停车，径直加速冲了过去。我不管那么多了，

愿怎么样就怎么样吧。在马上就要撞到兔子的那一瞬间，兔子跑开了。这本是再正常不过的事情，我却觉得特别别扭。具体别扭在哪儿，脑子太乱一时想不出来。车子开到最后一盘时，我突然想到了，那只兔子在跑开时是倒退着跑的，有谁见过倒退着跑的兔子呢？

记得小时候爷爷曾给我讲过一个故事，一个猎人到山上打猎时，看到一头野猪。于是，猎人端起猎枪向那头野猪瞄准。奇怪的是，准星里出现了猎人父亲的身影。放下枪后，猎人发现根本没有父亲，眼前明明就是一头野猪。遂再次举起了猎枪，结果这次父亲又出现在准星里。猎人没敢贸然开枪，回家后就向父亲说了这件奇怪的事。父亲听后告诉猎人，如果当时猎人开枪的话，死的肯定是他父亲。万事万物都有灵性，猎人杀生太多，触怒了老天爷。从那之后，猎人再也没打过猎。

或许，眼前出现的真是一只神一样的兔子，它在警告我不可以做坏事，又或许危险就在前面。我好像明白了什么，迅速掉转车头，准备要把这辆车还回去。我本来就是临时起意，根本没想过要怎样处理这辆车。

打定主意后，心态一下子轻松了，周围的空气也没那么让人难受了，看来人还真就不能做坏事。开车下山要比上山舒服得多，我想快点还车，不自觉地加快了车速。这时，一辆吉普车迎面

驶过，总算有了其他人类的气息，我更放松了。

我疾驰在盘山路上，心里忍不住为这个晚上的经历啧啧称奇。闪念之间，眼前晃了一下，忽然感到车子碰到了什么东西，先是车前身，接着是一侧轮胎。

直觉告诉我，撞到人了。我没停车，继续快速前进。我的脑袋空了，只是依靠惯性在驾驶。不知道开了多久，也不知道开到了什么地方。车子停了，我浑身上下早已被汗水浸湿。我把头埋在方向盘上，大口大口地喘着粗气。

可能是撞到其他什么动物了，并没有撞到人。我这样安慰自己，抬头看到车窗前的行车记录仪，我像抓到了救命稻草一样用哆哆嗦嗦的手赶紧打开，希望能看到自己希望看到的画面。但是，我失望了。行车记录仪上清楚地记录了刚才发生的一切：黑暗的山道上，一个人猫着腰半蹲着身子不知道在地上找着什么东西，被我开车直接撞倒，然后应该是卷到了车轮下，即便没被撞死也肯定会被碾轧致死。

我狠狠地砸了一下方向盘，我恨这辆江淮瑞风 S3 的车主为什么那么不小心，给了我偷车的机会。我想回到几个小时前重新再选择一次，可惜再也回不去了。

这辆车不是我的，那条路上没有监控设施，也许我可以逃过这一劫。想到这一层，我稍稍定了定神，顺手卸下了行车

记录仪。我现在最需要的是冷静，思前想后，我决定就地弃车，先找个地方住一晚，明天再按照原计划回家，撞人的事就当没发生过。

可是，还没等我找到住的地方，就接到了二姐打来的电话，二姐告诉我家里出了大事，让我赶紧回家。

到家后我才得知，二姐口中说的大事是爹在那条盘山路上出了车祸，并且当场死亡。被人发现时，爹的一只手里攥着一枚硬币，另一只手里紧紧地抓着一根绳子，绳子的另一头绑在一只兔子的两条后腿上。

头盖骨

一个小伙子拼命朝我所在的救生筏游来，他在汹涌的海浪中颠簸着，海水有时会没过他的头顶，然后他再奋力把脑袋从海水里挣脱出来。我划着救生筏向小伙子靠近，却一次次被海浪击退。任凭我怎样使劲划桨，救生筏还是在不断后退。在起起伏伏中，小伙子终于游到离救生筏只有不到一米远的地方，我赶紧把一只船桨递给小伙子，小伙子紧紧地抓住这棵救命稻草，在我的协助下，他爬上了救生筏。

在小伙子爬上来那一刻，救生筏开始剧烈地摇晃起来，我突然意识到自己之前忽视了一个非常严重的问题，这是一个单人救生筏，空间非常有限，根本容不下我们两个人。很快，一个急浪打过来就让我们俩同时落水。这一次，小伙子先于我爬上救生筏，他上去之后迅速拿起一只船桨递给我，我的视线被海水模糊，只

能伸手乱抓，抓了好几次都脱手了。我强迫自己冷静下来，双手不再胡乱挣扎，而是脚底下一下一下有节奏地踩着水。终于，我能看清周围事物了，其实救生筏离我很近。这时，小伙子把船桨扔到一边，伸手过来拉我，我赶紧也把手伸过去，却抓空了。我看到，小伙子本已完全展开的手臂，又缩了一半回去，停留在半空中，他的脸上露出了迟疑的神色。我下意识的双手抓住救生筏边缘往上爬，救生筏又开始失衡。

小伙子一脚把我踹到了海里，但求生的本能还是让我迅速又游到救生筏边上，我看到小伙子晃晃悠悠地站立起来又把船桨拿在手里，然后那只船桨朝我脑门袭来，一下、两下、三下，再然后我就什么都不知道了……

这是五年前发生的事情，我的老板在自己的私人游艇上举行派对，邀请了很多人参加。那天玩得实在是太嗨了，忘乎所以的老板亲自驾驶游艇在深海里横冲直撞。我不知道他什么时候学会的驾驶游艇，只知道后来游艇翻了，我们全都掉进了海里，一共死了九个人，最后找到了八具尸体，没找到的那个永远长眠在了海底。我很幸运最终得救了，不过那次经历却成了我挥之不去的梦魇。它像一个巨大的阴影遮挡住了我人生中所有的光芒，这些年来我无时无刻不被这个阴影笼罩，我没再去过海边，甚至在生活中屏蔽了和海有关的一切。我害怕自己静下来，因为一静下来

脑海里就会自动出现那只船桨的影子。为了摆脱阴影，我换了一份工作，成为一家快递公司的投递员，每天忙碌在送快件之中。我喜欢这份充实的工作，它让我没时间想别的。近一年来，关菲菲的出现更是让我的生活透出一丝亮光，我觉得这样的状态只要持续下去，我就有希望忘掉那只船桨了。

关菲菲是我的客户，有一双令人过目难忘的眼睛，笑起来弯弯的，第一次给她送快件的时候我就被这双眼睛迷住了，我迫切地想再次见到她。还好，她是一个网购达人，每隔一两天就有她的快件，我总有机会见到她。

关菲菲住在平原里小区的一幢小高层的九楼，一进电梯间向左转走到拐角第二个门就是她的家。每当她打开房门时，一股淡淡的芬芳扑鼻而来，她总是先热情地和我打一个招呼，然后在收件单上工工整整地签上自己的名字，最后微笑着和我道别。我习惯把她的快件放在最后一个，这样我就可以享受一整天的愉悦。

我喜欢吃过晚饭后到关菲菲家楼下的那个小花坛坐着，虽然她家的灯晚上从来都没有亮过，但我还是喜欢这么静静地坐着，坐在那里发呆，坐在那里想着和关菲菲有关的一切。她多大了？看起来和我差不多。她有男朋友吗？直观感觉应该没有，或者说我希望没有。她是做什么工作的呢？这个问题有点难，白天的时候她好像都在家，晚上的时候又都不在家。不会是在夜场工作吧？

想到这儿，我的心情又开始灰暗起来。不，绝对不可能的，她不是那样的女孩。

关菲菲签过的每一张收件单都被我私自留了下来，我在每一张的"关菲菲"三个字前面都写上了"我爱你"三个字，然后再把它们折成戒指的形状。当戒指的数量累积到二百零四枚的时候，我把它们放进一个包裹箱里，这是一份我寄发给关菲菲的快件，我不太会表达自己的情感，唯一能做的就是把快件亲自交到关菲菲手里。

我事先拨通了关菲菲的电话，确定她在家里，尽管以前每次和关菲菲通电话的时候都很激动，但这一次格外不同，我还是有点小小的紧张。在关菲菲家楼下，我徘徊了很久，我怕自己见她的时候会语无伦次，我要尽量平复自己的情绪，让这次不寻常的送件和往常一样。可是，随后发生的事情却完全出乎我的意料。我在关菲菲家门外敲了很长时间门也不见她出来开门，正当我拿出手机准备给关菲菲打电话时，从电梯间走出来一个走路颤颤巍巍的老太太。

"你找谁？"

老太太一直警觉地盯着我，路过我身边时她终于开口问道。

"送快递的。"

我扬了扬手中的包裹。

"别找了，这家没人的。"

老太太慢悠悠地说道。

我不相信："怎么可能呢？我来过好多次的。"

老太太在关菲菲家隔壁的房门前站定后，从裤兜里掏出钥匙打开了房门，然后对我说道："年轻人可别瞎说，这房子原先住着一对小夫妻，几年前男的出意外死了，女的后来也跳楼摔死了，就在这个楼跳的，之后这房子就一直空着。我就在这儿住还能不知道吗？"

老太太说完后就直接进了屋，接着重重地关上了门，我则满腹狐疑地来到电梯间等电梯。对于老太太说的话我感到难以置信，思来想去，决定还是给关菲菲打一个电话比较好，她很快就接听了电话。

关菲菲说："喂，你好。"

我说："你好，我是送快递的小刘，你不在家吗？"

关菲菲说："哦，实在不好意思，刚才临时出了点事情，现在在外面呢。要不你把快递送到楼下超市里吧。"

虽然不太放心，但我还是按照关菲菲的要求，把那个充满爱心的快件送到了楼下超市里。其实当我在电话里听到关菲菲那银铃般的声音时，就已经把老太太之前说的那些话抛在了脑后。

我静静地等待着关菲菲的回复，岂料，一个月过去了，她没

有给我打来电话或者发来短信。或许，超市把快件弄丢了？这是我最希望的结果。又或许，她找不到我的电话号码？这也是很有可能的，虽然我们通过很多次电话，但在她的心里我可能还够不上朋友的标准。更重要的是，我发现了一个很严重的问题，这一个月来我没有收到一个寄给关菲菲的快件，原先一直很有规律的，为什么会突然停了呢？我很不理解。也许关菲菲通过其他快递公司收件了，她在用这种方式来拒绝我，这是唯一合理的解释，我只能无奈地接受这个结果。

就在我已经死心的状态下，有一天，突然又收到了一个寄给关菲菲的快件。没等我兴奋起来，就又意识到一个问题。眼前这个巴掌大小的包裹太轻了，轻得几乎可以忽略重量。其实之前我对寄给关菲菲的那些包裹一直都有一个疑惑，每一个包裹都很轻，轻轻晃一晃会有一些细微的声响，不知道里面装的什么东西。这次我又晃了晃，里面没有任何声响，就像空的一样。经过一番思想斗争后，好奇心最终占据了上风，我打开了包裹，里面果然是空的。这时，我注意到，包裹上的寄件人写的是关菲菲，收件人也写的是关菲菲，这是怎么回事？空包裹会不会还是代表关菲菲拒绝我的追求呢？仔细想想，又觉得不对，如果真是那样的话，她应该把那些纸戒指一并退回的。

我怎么也不想出个所以然来，于是，决定正常送件，还是

像以前那样最后一个给关菲菲送。冬天天黑得早，临近下午五点的时候，天已经彻底黑了下来。在关菲菲家楼下，我拨通了她的电话，她的态度和以前一样，就像什么事都没发生过一样。确定她在家后，我走进楼里，然后又折了出来。我抬头望一眼关菲菲家的窗户，一团漆黑，不像有人在家的样子。可是刚才在电话里关菲菲明明说自己在家里的。我管不了那么多了，拿着那个空包裹上了楼。

关菲菲家的门是虚掩着的，我轻叩了两下门板，没听到有回应。我推开了门，一股霉味扑面而来。

"有人吗？"

我一边喊一边慢慢走进房间，屋子里没开灯，很黑，不过，也能看出来里面空空如也。我又来到另外一个房间，还是什么都没有。

突然，房间里亮了起来。我看到一具完整的人骨架赫然躺在地上，骷髅头上有一个大洞十分醒目。我不由得倒退了几步，手上的那个包裹也没拿稳掉在了地上。

"你终于来了！"

一个冷冷的声音在身后响起，我想转身却发现双腿已经动弹不得了。紧接着，关菲菲出现在我的面前，她冷漠的脸上没有一丝血色。虽然没像很多鬼片那样，一直温婉动人的美女在转瞬间

168

突然露出青面獠牙，但眼前的关菲菲似乎更可怕。

关菲菲走到那具骨架前，指着骨架对我说道："这是我老公，五年前参加朋友的一个海上派对时船翻了。他很幸运，落水后爬到了一个救生筏上。不过，他的幸运只持续了几分钟。很快，不幸的事就发生了。一个小伙子朝救生筏游来，老公救了小伙子，可是他忽略了一个问题，救生筏太小了，只能容下一个人。他们俩几乎同时掉进了海里，这一次那个小伙子先爬上救生筏，小伙子却没有去救人，而是恩将仇报，用船桨拼命击打我老公的头。你看到了吗？我老公的头盖骨都碎了。"

我浑身上下已被冷汗浸湿。关菲菲走到我跟前追问道："你看到了吗？"

我不置可否，准确地说是无言以对。

"我老公在冰冷的海底下躺了很久很久，你知道吗？我的心都在流血。于是，我把他的尸骨一块一块地用寄快件的方式送回家里。可是，老公的头盖骨碎了，缺了那么大一块实在是太难看了。所以我又寄了一个头盖骨回来，准备敲碎了给老公补上。这才麻烦你又跑了这一趟。"

我用颤抖的声音问道："可是，那个包裹是空的呀？"

关菲菲冷笑了一声，十分瘆人："谁说一定要放在包裹里？"

神秘邮件

公司的培训专员还在台前喋喋不休地高谈阔论着职业化塑造的话题，台下的同事们或伏案而睡，或手托下巴双目微闭，或坐在那里打盹儿，他们偶尔也会睁开双眼，看一下手表或者手机上的时间。只有我一个人精神抖擞，因为很快将会有大事件发生。

我就职的蓝天集团是一家私营商管企业，蓝天大厦是公司唯一的资产。蓝天大厦一共二十四层，一至九层是商场，十层以上是商务办公室。每个月的最后一个周五下班后，公司都会在二十二楼会议室组织员工培训。对于牺牲大家伙儿的业余时间安排培训，员工们一直敢怒不敢言，没办法，现实就是如此，私营企业在很多地方就是这么不近人情。

已经是晚上七点钟了，我早就饿得前胸贴后背。按惯例，培训还有半个小时才会结束。我死死地盯着手机上的时间，紧张地

170

在心里默默地进行着倒计时。7 点 01、7 点 02、7 点 03，到 7 点 04 分的时候，整个会议室陷入一片黑暗之中。

"怎么又停电了？"

会议室里出现了骚动。

"李传贵呢？快去安排人看看是怎么回事。"办公室周主任用不耐烦的声音说道。

他口中的李传贵是公司工程部主管，也是我的顶头上司。

"电工已经下班了。"

黑暗中传来了李传贵的回答。

在蓝天集团，维修电工和保洁大妈这样的临时工是没有资格参加培训的。

"要不你去看看吧，你以前不也是电工吗？"周主任说。

"我不行呀，扔了那么多年了，搞不定的。"李传贵回答。

"给电工打电话，让他赶紧过来。"周主任催促。

"刚才打过了，手机关机了。"李传贵无奈道。

"垃圾。"周主任愤愤地骂了一句。

大约从半年前开始，蓝天大厦总是莫名停电，大厦有备用电源，也会同时坏掉，这很反常。更反常的是，每次停电总会在半个小时后自动恢复正常。电业局来人专门查看过外网，没发现任何问题，李传贵带着工程部做了大量的工作也没找到具体原因。

渐渐地，公司开始人心惶惶起来。大家都说，这一切一定和公司以前的电工张师傅有关系，一年前张师傅在一次作业时出了事故，意外身亡。事故发生后，蓝天集团却不承认和张师傅存在劳动关系，法院庭审时，公司多位员工都出庭作了伪证。张师傅去世之后，有很多同事都说，在电梯、走廊或是公司其他地方都曾亲眼看到张师傅的身影。

我是在张师傅出事后入职到蓝天集团的，但也卷入其中。不知为何，每次在停电的前一天，我都会收到一封邮件，发件人的名字是"张师傅"。邮件内容是第二天停电的具体时间和一些具体细节，开始的时候，我没当回事儿，后来才发现，邮件里的所有内容都会在第二天全部得到应验，甚至连一个小小的细节都丝毫不差。我开始对邮件内容深信不疑起来，也意识到了问题的严重性，好奇心也被激发了起来。这件事我没告诉任何人，一个人静观事情的发展。

就在昨天，我又一次收到了"张师傅"发来的邮件，这次的邮件不同寻常，内容比以前多了很多，像是一个剧本，告诉我在什么时间会发生什么事情。我既紧张又害怕，"剧本"一开头的时间是晚上 7 点 04 分，以后发生的事也照例和邮件上的内容一模一样。

在黑暗中等待本身就是一种痛苦，周围很多同事打开手机，借助手机的光亮让自己不那么害怕，光亮照在脸上反而看起来更瘆人。和以往停电不同，这次停电四十分钟后，依然没能恢复照明。大家烦躁不安的情绪开始加剧，但是没有一个人敢自己离开，也许大家都意识到了某种危险在靠近。在恐惧面前，待在大部队里才是最安全的，大家心照不宣。除了我之外，没人知道接下来会发生什么。不过，大家也都明白干等着肯定是不行的，得想办法离开蓝天大厦。

周主任打电话请示公司老板，得到的答复是组织大家一起走楼梯。现实就是这么不公平，老板为员工制定了那么多规章制度，自己却不需要遵守，危险来临时，公司全体员工都身陷其中，老板自己却可以置身事外。可是，现实的情况是除了走楼梯外也没有更好的选择。

"男的在队伍两端，女的在中间，一排四个人，大家手拉着手。"

周主任全然没有了往日趾高气扬的派头，说话时声音抖得厉害。

"我打头阵，张博垫后。"李传贵自告奋勇要走第一排，却把我安排在最后一排。我心里一凉，因为在那个"剧本"里，最后一排只有我一个人，现实情况也的确如此。

就这样，我们公司一共九十七个人，在周主任和李传贵的指挥下鱼贯走出会议室来到楼梯间，四人一组依次从二十二楼往下走。原本空旷的楼道一下子变得逼仄起来，李传贵在第一排，我一个人在最后一排，我们俩手里都拿着一个手提应急灯给大家伙儿照亮，灯光很微弱，但在黑暗中还是能给人以安全感。大部队浩浩荡荡差不多有十几米长，各种声音杂乱无章地响起。

大家走得很慢很小心，刚开始，李传贵在前面大声喊着号子让大家别害怕，后来他也累了，建议大家一起唱歌，也算是壮壮胆子。于是，楼道里响起了《真心英雄》。可是，平时疏于锻炼的同事们很快就没了唱歌的力气，刚走到十五楼，粗重的喘息声就在队伍里此起彼伏。好在李传贵在前面指挥得很好，每一层楼的缓步台需要转弯时都走得格外慢，队形一直很紧凑，一点没乱。

我在后面紧紧地跟着大部队，生怕自己被落下，怀里像揣了十五只小兔子，七上八下的。

走到十一楼时，我手中的应急灯突然不亮了，眼前顿时漆黑一片，人群中出现了一丝恐慌，几位女同事惊叫了起来。

"张博，什么情况？"

李传贵在前面连忙停了下来，回头大声问我，他手里的应急灯光也转了过来。

"电池没电了。"我回答。

"邪门，怎么偏偏这个时候没电了？大家都把手机打开吧。"李传贵说。

　　楼道里顿时亮起很多个无序的亮光，我也打开了自己的手机。即使是这样，我也能明显感觉到，有一种骇人的情绪开始在队伍中间蔓延开来。好不容易摸索着走到七楼，大家都累得不行，人群中有人提议休息一下，多位女同事立即响应，李传贵无奈，只好让大家原地休息一分钟。我双腿早就软了，一屁股坐在楼梯上。就在这时，我忽然感到有一双手按在我的肩膀上。我不敢回头，因为我后面一直是没有人的，一头热汗立刻就冷了，后背也一片冰凉。我知道，完了，那个剧本里高潮的一幕马上就要上演了。那双手紧紧地按住我的双肩，我甚至能感觉到上面的老茧。

　　一分钟时间很快用完，大家重新上"路"。我缓缓站起，始终没敢回头，那双手依然还在，就像粘在我肩膀上一样。我颤颤巍巍地跟着大部队，想赶紧摆脱那双手，脚下想快却快不起来。

　　大家的体力都有些不支，脚下的速度慢了很多。终于来到了四楼，确切地说是队头走到了四楼，我这个队尾还在五楼。我已经彻底崩溃了，我明白，大戏即将上演，我只需要按照剧本上的台词完成自己的角色即可。于是，我高喊着"鬼来了"冲向大部队……

第二天，全市各大报纸都在头条的位置上，刊登了蓝天集团发生大规模踩踏事故的消息。我并没有在事故中受伤，神秘邮件上清楚地告诉我该如何躲避危险，该怎么做才能不露痕迹。我深信冥冥之中真的有天意，希望爸爸在天有灵能够安息。受踩踏事故的影响，蓝天集团被低价转让，蓝天大厦换了新的主人。

　　一个月后，我去蓝天大厦收拾自己的东西，我并没有留在新公司工作的打算。不承想，新公司的老板却执意要见我，当我被引领进总经理办公室时，发现坐在总经理椅子上的人竟然是李传贵。

第
四
十
九
天

半夜十二点刚过，耳畔响起儿子嗷嗷待哺的啼哭声，我闭着眼睛起身下床为儿子冲奶粉。儿子出生一个多月了，妻子的奶水一直不多，只够儿子白天喝的。为了妻子能得到充分的休息，我索性让她夜里睡在另一个房间，我一个人来照顾儿子。经过一个多月的历练，我已经成了一名合格的奶爸，在极度缺乏睡眠的状态下，我练就了在黑暗中几乎闭着眼睛为儿子打理一切的独门功夫。一百二十毫升牛奶下肚后，儿子没像往常那样迅速睡着，吐出奶嘴后依然哭个不停。我生怕儿子的哭声把妻子吵醒，赶紧将他抱在肩上不停地哄着。

哄了差不多十分钟，儿子不哭了，我轻轻地把他放回到婴儿床里，又把他脸上的泪痕擦拭干净。正当我蹑手蹑脚地刚准备躺下时，儿子的哭声又响了起来。我不得不重新将他抱起，儿子一向很乖，除了饿的时候，他几乎不怎么哭。今晚也不知道是怎么了，白天的时候一切正常，尿不湿是新换上去不久的，还不至于不舒服。我别无他法，只能继续哄儿子。接下来的半个小时，儿子反反复复哭闹不止。被他这么一折腾，我倒是彻底清醒了，两条胳膊累得一点劲儿都没有。

儿子又一次暂时止住了哭声，在我怀里睡着了。我不确定他能安静多久，也不敢把他放回婴儿床，生怕他又醒了。不知道是从什么时候开始的，也说不清楚是为什么，我被一种莫名的恐惧所笼罩。这一个极其反常的夜晚，本就有些迷信的我，大脑开始不由自主地用另外一种思维来琢磨儿子的异常哭闹。人们常说，三岁以下的宝宝有天眼，能看到大人看不见的东西。

想到这儿，我有些害怕了。恐惧有时候可以唤醒以往的那些可怕回忆，初三毕业那年暑假经历的一件事，自动浮现在我眼前。

那天，我和几个同学来到一座海岛上的度假村吃烧烤、打扑克，我们一共六个人，全是男生，晚上一起睡在一个非常大的房间里。那天我们玩得太疯了，每个人都很兴奋，半夜的时候，大家都还没有睡意。已经记不得是谁的主意了，反正有人提议大家在房间里玩藏猫猫。游戏规则是：在关灯的状态下，一个人蒙住双眼从一数到二十，另外五个人在房间里躲藏，藏好后站定不允许再移动，蒙眼人数完数之后，继续蒙着双眼在房间里摸索，先摸到谁，谁就是下一个蒙眼人。

我躺在床上懒得动弹，就主动要求做第一个蒙眼人。灯关了之后，房间一下子黑了。穆晓阳拿了一块不知道从哪儿搞来的布，把我眼睛蒙上，又在我脑后狠狠地系了一道结。我坐在床上开始数数，房间里响起了杂乱的脚步声。当我数到五的时候，我感觉到床头位置上有微微的颤动，一定是有什么物体碰到了我的床，很可能是有人藏到了床下。没等我数到二十，屋子里就安静了下来。我慢慢站了起来，眼睛上蒙着的那块布是临时搞来的，大家也没认真检查质量如何。我站起来后惊奇地发现，透过那块布完全可以看清房间里的任何影像。尽管屋子里的光线很暗，但是模模糊糊的人影还是看得非常真切的，我暗自高兴。

我看到的第一个人影就在我躺过的床上，因为床头紧挨着窗边，他就站在挂着的窗帘里，这个人实在是太聪明了，他判断我可能会摸遍房间里的任何角落，但一定不会摸自己刚刚躺过的床，这是非常合理的判断。可是他怎么也不会想到，我根本就不需要摸，光看就够了。

通过窗帘上映出的身形，我猜测他是穆晓阳，他有这个头脑，况且穆晓阳最后一个躲藏，从时间上讲，他的可能性也是最大的。我有一种猫捉老鼠的快感，但还不想马上捅破这层窗户纸，下一个蒙眼人很快也会发现蒙眼布的漏洞。我打算慢慢折磨一下他们，毕竟长时间一动不动也是十分难受的。

我不着急去摸索，在房间里慢慢踱步，先看看大家伙儿都躲在哪里。我看到门后站着一个，窗根底下蹲着一个，一张床底下躺了一个，靠近墙边的地方趴着一个，还有一个竟然蜷缩在椅子上，我真的很佩服他们的聪明才智。就在我考虑先去摸哪一个时，忽然觉得有些不对劲儿。是的，人数不对，多了一个人。我又重新数了一下，没错，加上窗帘里站着的那位一共六个人。门一直是反锁着的，这期间并没有其他人进来，怎么会多了一个人出来呢？站在房间中央，我无所适从，浑身上下起了一层鸡皮疙瘩。

就在这时，灯亮了。是穆晓阳在门口摁的开关。

"大林子，没你这么折腾人的哈，这都多长时间了你还不摸，想累死我们呀！"穆晓阳冲我嚷嚷道。

原来站在门后的那个人是穆晓阳，意识到这一点后，我迅速上前掀开窗帘，发现里面什么都没有。其余的人纷纷从不同的地方站了起来，和穆晓阳一起责怪我。

我全然不去理会他们的指责，急切地问道："刚才谁站在窗帘里？"

没有人回答我这个问题，直到今天我也没能找到问题的答案。

我强制性地中断了自己的回忆，因为我意识到一个问题，回忆恐怖的事只会让自己更害怕。我甚至想去打开屋里的灯，让光亮来缓解自己的恐惧，但那样对儿子的眼睛不好，我不能那么做，所以只能选择忍耐。这时候，儿子又开始哭了起来，这次的程度更加猛烈，不仅撕心裂肺，而且节奏感极强。儿子出生后，还没出现过这种哭声。

我摸黑看了一下挂在墙上的钟表，才凌晨一点，离儿子的下顿饭还有一个半小时，他绝对不是因为饿才哭闹的。这时，妻子推门走了进来，到底还是把她给吵醒了。

"老公，你怎么搞的，让儿子哭得这么厉害？是不是没吃饱呀？"妻子一边从我怀里接过儿子一边问道。

"不可能，我刚刚喂过奶粉的。今晚有点奇怪。"

儿子在妻子怀里还是哭个不停，妻子坐到床边拉开衣襟露出乳房，将乳头送到儿子嘴里。诡异的是，儿子并没有像往常那样含住乳头后立即安静了下来，而是继续啼哭。妻子不得不抱着儿子站起来在屋子里来回踱步摇晃儿子，却怎么哄也哄不好。

过了很长时间，儿子终于哭累了，在妻子臂弯里睡着了。妻子让我去另外一个房间好好睡一觉，今夜由她来照顾儿子。我听从了妻子的建议，我也确实是疲惫到了极点。儿子出生这一个多月时间里，我每天都迷迷瞪瞪的，在公交车上站着也能睡着，单位开会时坐着同样可以鼾声如雷，甚至吃饭的时候，饭菜刚送进嘴里，手上的筷子还没放下，人就已经进入梦乡了。

第二天一大早，白天替我照顾妻子的岳母过来后，给我们带来了一个天大的好消息，她托朋友通过好几层关系，帮我们联系到了金牌催乳师周阿姨。让一直为妻子奶水不够心急如焚的我欣喜不已，我当即决定上午不去单位上班了，和这位周阿姨好好学习一下催乳技术。

不一会儿，岳母就接到了朋友的电话，说周阿姨快到了，让家里派个人去小区门口接她。我不敢怠慢，披上外套就出了家门。

我几乎是一路小跑着来到小区门口，看到一个中年妇女模样的人背对着我站在那里。

"您是周阿姨吧？"我恭敬地问道。

中年女人闻声转身，冲我和蔼地笑着点了点头。

周阿姨人长得慈眉善目，说话和声细语，显得既友善又亲切。

只是面色有些苍白，像是没休息好。在领她回家的路上，她一直向我询问儿子出生后的一些情况，显得很有责任心，让我对她又平添了几分好感。

不多一会儿，我和周阿姨一起回到家里。我们俩刚一进门，岳母就迎了上来，她看周阿姨的眼神就像见到了救星一样，喜悦之情溢于言表。

岳母说："哎呀，周老师，可把您给盼来了。"

周阿姨客气地向岳母点了点头，开口问道："孩子在哪儿？"

"在里屋呢。"岳母回答。

岳母热情地拉过周阿姨的一只手，领着周阿姨进到里屋，我紧随其后。

原本躺在床上的妻子见我们进来，连忙坐了起来和周阿姨打了声招呼。周阿姨很有礼貌地回应了一下妻子后，就径直走到婴儿床边看儿子去了。

周阿姨俯下身子看得很专注，能感觉得到她是一个非常喜欢孩子的人。儿子两只小手合拢在胸前，睡得正香，从小巧的鼻子里发出均匀的呼吸声。

"我能抱抱孩子吗？"周阿姨转头问我。

不等我回答，周阿姨已然把儿子抱了起来。这一抱却把儿子给弄醒了，屋里旋即响起了婴儿的啼哭声。岳母见状，赶紧上前从周阿姨怀里抱过儿子哄了起来。

"看我，光顾着看宝宝，差点给正事忘了，咱们赶紧开始吧。"周阿姨自顾自地说道。

随后，我按照周阿姨的吩咐，协助她做了一些催乳前的准备工作。这个过程中，儿子的哭声渐渐小了，岳母抱着儿子站到墙角地上摆放的电子体重秤上。体重秤是专门为儿子称体重准备的，岳母总担心自己外孙子吃不饱不长肉，一天能上去称三四遍。

"咦，怎么回事？"

站在体重秤上的岳母盯着秤上显示的数字，一脸的疑惑。

岳母下秤后，用脚调整了一下体重秤的位置后又重新站到秤上。

"这秤坏了，早上我抱孩子称的时候还是 64.5 公斤，现在称就变成 138.2 公斤了，差不多是两个人的体重，这秤肯定是坏了。"岳母笃定地说道。

"新买的，不会吧？"妻子回应。

这时一切准备工作就绪，周阿姨正式开始给妻子做催乳按摩。我没心思管体重秤的事，站在旁边认真地看着周阿姨手上的动作，一门心思想跟她学学手法，以后好帮妻子按摩。

岳母还在纠结体重秤的突然失灵，喃喃自语道："好好的秤怎么突然就坏了呢？"

儿子突然又开始大哭起来，岳母赶忙低头去哄却没奏效，哄了好一会儿也没让儿子止住哭声，反而又往撕心裂肺的方向发展。岳母抱着儿子就像抱了一个烫手的山芋，已经搞不定了。我走过去帮着岳母一起哄，也无济于事。

见此情景，妻子不得不中断按摩，坐起身子，让岳母把儿子送到自己的怀里，然后将一个乳头送到儿子嘴里。这招本是妻子的撒手锏，可从昨晚开始就失灵了，这次也一样，儿子只把乳头含在嘴里根本不去吮吸，继续大哭不止。从昨天夜里开始，儿子就很不正常，岳母、我还有妻子都不知道该如何是好了，像三只热锅上的蚂蚁急得团团转。

"把宝宝给我吧。"

周阿姨一边说着一边伸手从妻子怀里抱过儿子。

说来也奇怪，这次儿子到周阿姨怀里立即就不哭了，只是惯性地抽泣着。

"还是人家周老师有办法。"岳母感叹地说道。

"也不知道是怎么了，从昨天夜里开始，就一直哭个不停。"我随口说道。

"宝宝出生四十九天了吧？"周阿姨问我。

我心算了一下时间后给了周阿姨肯定的答复。

"呵呵，我猜就是这样，其实宝宝哭也是正常的。你们不知道吧，在孩子出生后的第四十九天，他的前世会来看他的，人鬼相逢一定会有异常的。"

周阿姨说话时的声音很轻，却语出惊人，搞得我们三人面面相觑。

见我们三人脸上同时表露出惊讶之色，周阿姨微微一笑，接着沉吟道："你们觉得我说的是迷信吧，还真别不信这个，我自己就亲身经历过一件事……"

退休后，老杜迷上了钓鱼，一有空就包船出海钓鱼。那是六月的一天下午，老杜一个人包了一条船去钓鱼，船主是一个四十多岁、身材魁梧的中年汉子。船主带老杜来到一片老杜从没去过的海域，那片海域离岸边有七十多海里，海面上风平浪静，显得特别安详。船主事先说过那片海域的鱼很多，可是，一直钓到下午五点，老杜才钓到几条小黑鱼，老杜不甘心，继续坐在船上钓鱼。船主见状只好在一旁陪着。

又过了一个小时，天色渐渐暗了下来，船主的眉头慢慢拧了起来。他告诉老杜有些蹊跷，六月太阳直射北回归线的时间最长，北半球昼长夜短，基本上晚上七点以后天才开始黑，这才六点就开始擦黑了，有点不对劲儿。老杜也害怕了，觉得浑身不自在，连忙收了竿，和船主一起返航。

　　船是木质结构，烧柴油的，速度并不慢，很快就离开了那片海域，船主开着开着却突然停了下来。他望着茫茫大海面色凝重地说："糟糕，咱们可能遇到海蒙子了。"

　　"什么是海蒙子？"老杜问。

　　船主说："海蒙子就是那些溺死在海里的鬼魂向人索命。"

　　老杜说："你确定吗？"

　　船主说："我们来的时候，这里应该有一片养殖筏的，可是现在这里却什么都没有，我们一定被那些鬼魂带到了别的地方。"

　　老杜说："会不会是方向搞错了？"

　　船主摇头道："船上有导航，不会错的。"

　　两人随即陷入沉默之中，渐渐地，船被一片雾气笼罩，随着雾气越来越大，两人已经无法看清周围的情况了。一阵海风吹过，老杜忍不住打了一个寒战。

　　这时，在一片苍茫中隐隐传来一个女人哭泣的声音。那个声音忽大忽小，似乎还混杂了说话声，听得老杜心里直发慌。老杜抓过钓鱼竿紧紧地攥在手里，随时准备自卫。过了大概一刻钟的工夫，那个哭声突然消失了，但是老杜存放战利品的水桶里却炸开了锅，那几条小黑鱼不断地扑腾着，就好像船底有什么东西似的。海上的浪开始翻涌，船也剧烈地摇晃起来，老杜有些站不稳了。

第一条黑鱼跳到船板上，紧接着第二条、第三条、第四条，最后所有的鱼都跳了出来，在船板上不停地翻滚着。此时老杜已经没有心情关注鱼了，屏住呼吸努力控制着身体平衡，以免摔倒。

又过了一会儿，雾气逐渐散去，老杜和船主几乎同时发现，有一个东西慢慢悠悠地从远处朝船漂来。那个东西开始只是一个小黑点，随着一点点向船逐渐靠近，他们这才看清是一个像坛子一样的罐状物体。匪夷所思的一幕随后出现，海面上的浪很大，那个坛子却没有随波逐流，而是漂到船边就停滞不前了。老杜和船主面面相觑，最后还是船主壮着胆子，拿渔网把坛子捞了上来。就在坛子上船的那一刻，海面一下子恢复了平静。

老杜早就吓傻了，催促船主赶紧走。船主也几近崩溃，没顾得上辨别方向，开着船拼了命地直奔前方。

一口气开了不知道多久，陆地出现在两人的视线里，船主和老杜终于平安靠岸，两人一直紧绷的神经也稍稍放松了一些。那个坛子上附着了一层厚厚的海藻，船主拿了一块抹布把上面的海藻使劲擦干净，坛身露出本来的颜色，上面刻有一行字。船主仔细辨认了一番后问老杜："老哥，你知道这是什么吗？"

老杜摇了摇头。

船主说："这个坛子是海葬用的，里面装的是骨灰。骨灰的主人可能不愿意海葬，我们找个地方把骨灰坛埋了吧。"

听到船主这句话，老杜惊出了一身冷汗："有那么邪乎吗？"

"就是这么邪乎，坛身上的字写得明明白白的，这个骨灰坛是在五年前下水的。老哥，你不知道，海葬用的骨灰坛都是特制的，下水后二十四小时之内会自动溶于海水中，可是这个骨灰坛却在海上漂了五年不溶于水，难道还不能说明问题吗？我听过一种说法，死人的尸体或者骨灰不入土是不能投胎转世的。"船主郑重其事地说道……

"阿姨，您快别说了，吓死人了。"

一向胆小的妻子忍不住打断了周阿姨的讲述，周阿姨本来还沉浸其中，见妻子有些害怕，就没再继续讲下去。随后周阿姨把已经睡着的儿子轻轻地放回到婴儿床之后，用了不长时间就帮妻子做完了催乳按摩，效果很不错，妻子的乳汁终于如泉涌般喷射出来。

我和岳母用千恩万谢送走了周阿姨，在门关上的那一瞬间，我忽然意识到自己忽略了一件重要的事情，忘给周阿姨工钱了。我连忙追了出去，不过，出乎我意料的是，不管楼内还是楼外，都没看到周阿姨的身影。按理说这么短的时间，她应该走不远的。我带着满腹疑惑回到家中，看到了手举着电话同样一脸疑惑的岳母。

"到底有几个周老师啊？刚刚我那个朋友来电话说，周老师已经在小区门口等半天了，问咱们怎么还不去接她。"

我一时有些摸不着头脑，又迅速意识到了什么。浑身上下仿佛失去了大脑的控制，开始微微颤抖起来。

妻子也察觉到了异常，在一旁问道："不对啊，老公，刚才周阿姨在讲那件吓人的事情之前，是不是说是她自己亲身经历的事？"

"没错。"我回答。

"可是，她讲的那件事里只有两个男人啊。"

"不，还有一个人。"我笃定道。

"还有谁？"妻子追问。

"那坛骨灰的主人。"

卷三

求不得

心所爱，有所属，不能如愿，不得所求。

宿命

　　学术交流会开到一半时我就借故离开了，卢兰早在一周前就给我下了最后通牒，今天下午可心要参加演讲比赛，我这个爸爸必须出席。走出会场外我拨通了司机老王的电话，在电话里我告诉他不用来接我了，随后我叫了辆出租车直奔少年宫。

　　我叫高文武，今年五十二岁，在我的名片上有一连串耀眼的头衔：主任医师、医学博士、教授、博士研究生导师、国内著名肿瘤科专家、市第一医院副院长。也许在不久的将来，我会摘掉副院长的帽子升任市第一医院的院长。和我一起竞聘院长职务的还有周副院长，周副院长是医务管理专业的硕士，属于行政领导，从自身条件上讲，他根本不是我的对手，他唯一的优势是上面有人。

　　可心是我的女儿，卢兰是可心的妈妈，但我却不是卢兰的丈夫，这种家庭模式在当下并不鲜见。几乎没人知道我和卢兰、可心之间的复杂关系，外界对我和卢兰关系唯一的认知是卢兰曾经做过我的学生。这些年来我一直小心翼翼地维系着这种隐秘的关系，生怕关系暴露会影响到自己的仕途。我深知无论社会观念如何进步，只要是在体制内，生活作风问题一旦被竞争对手坐实，就意味着政治生命的终结。在竞聘院长的关键阶段，我不得不慎之又慎，已经一个多月没和卢兰她们娘俩见面了，要不是因为今天下午是可心第一次登台演讲，我可能还要等一段时间和她们娘俩见面。

在出租车上我收到了卢兰发来的微信：到哪儿了？比赛快开始了，可心排在第七个出场。

等我疾步走进少年宫礼堂时，刚好三点多一点，比赛刚刚开始。舞台横幅上醒目地写着："我的梦想"主题演讲比赛。观众席一共六排，前四排座位被选手和家长们坐得满满当当的，我用目光在人群中扫视了一圈，发现卢兰和可心坐在第一排最左边的两个座位上。我在最后一排找了一个靠近中间的位置坐定后给卢兰发了一条微信，告诉她我已经到了，坐在最后一排，卢兰低头看了一下手机旋即兴奋地招呼可心回头。

"爸爸。"可心雀跃着冲我喊道。

她的声音很大，在空旷的礼堂里显得格外刺耳，也引来了其他人的侧目，我连忙把右手食指伸到嘴上示意她噤声，卢兰也悄声对她说着什么。

可心却不管不顾接着喊道："爸爸，到我这里来坐，到我这里来坐。"

也许是卢兰在一旁的安抚起到了作用，也可能是可心自己也知道她旁边根本没有空座位，很快她就停止了呼喊，好半天才恋恋不舍地转过头去。

可心的连声叫喊让我出了一脑门子的汗，在这群三十多岁的家长面前，我这个五十多岁的老头子竟然成了焦点，真是尴尬到了极点。

可心不时回头看看我，我在报以微笑的同时，把更多的目光放到卢兰身上。她的侧脸很美，虽然已不再年轻，却散发着一种成熟女人的独特韵味，令人着迷。

舞台上，孩子们用充满稚气的声音绘声绘色地描绘各自不同的梦想。对于孩子们那些天真的幻想，家长们除了一笑了之外，没人会往心里去，只有等这些孩子长大后才会明白，孩提时代的梦想只不过是在梦里想一想罢了。当然了，也有个别像我这样能实现梦想的，在我很小的时候，就立志成为一名救死扶伤、妙手回春的医生，现在的我早就超额完成了任务。

终于轮到可心了，我在座位上正了正身子，目送可心迈着轻盈的步伐走到舞台中央的立式话筒前。

"大家好，我叫高可心，我今年七岁了。我爸爸是一名警察，他特别特别忙，有时候好几个星期才回家一次。家里总是只有我和妈妈两个人，妈妈说爸爸要去抓坏人，没有时间陪我们，所以我的梦想是长大后当警察局的局长，这样我就可以命令爸爸天天陪我和妈妈玩了……"

可心演讲的内容让我惭愧不已，她长这么大我还没陪她去过一次游乐场呢。礼堂里闷热的空气让人浑身不舒服，我忍不住伸手解开了领扣。在家长们的阵阵掌声中，可心的演讲结束了，接下来的时间对我来说就是垃圾时间了，可我没想到的是，下一位选手的吸引力竟然比可心还要大。

八号选手是一个男孩子，一亮相就显得与众不同，他的年纪看起来明显要比之前的选手大很多，个头目测能有一米六。我注意到在登台过程中他的走路姿势很奇怪，夹着一条胳膊在走，看起来非常别扭。在调整了话筒高度后，八号选手的演讲开始了。

"大家好，我是八号选手谢峻豪，今年十二岁。因为我身上有残疾，爸爸妈妈在生下我之后，就把我扔在了火车站的卫生间里，我是在福利院长大的。请大家看一下我的右胳膊。"

谢峻豪很吃力地抬起了右臂，大家看到，他的小臂最多能勉强抬到胸口的高度上，上臂只有使劲向上蹿一下才能和腋窝分离，旋即就又归位了。从谢峻豪脸上表现出来的用力程度上看，这已经是最大限度了，很显然，他的这条胳膊是有问题的。

"我出生时，这条胳膊和身体是连在一起的。后来我知道，像我这种情况只要在出生后半年内做一个很小的手术就可以像正常人一样生活。可是当时的福利院院长却没给我做，后来我听说，没给我做的原因是那个手术太小了，院长能拿到的回扣太少了。就这样，我被耽误了，直到五岁的时候，福利院来了一位新院长才给我安排了手术，却只能是现在这个样子了……"

"怎么能这样啊，这算什么社会福利院啊！"

"真是太缺德了！"

观众席中出现了一阵骚动，不断有家长低声表达不满。

在医学界浸淫了近三十年，我对这种事早就见怪不怪了。不过，此刻我却突发奇想，周副院长来第一医院之前正好是某福利院的院长，这件缺德事要是他干的该多好，这样我就可以利用这个大做文章了。没承想，很快我就美梦成真了。

三天后的下午，院长竞聘会如期举行，经过抽签我先上场。按照原来的计划，竞聘只有演讲和答辩两项。但实际情况却是，评审小组在演讲和答辩中间临时加了一个业务测试。说是有关部门新设计了一套考试题库软件，正好利用这次竞聘会的机会试用一下。

客观地说，临时加的这个业务测试对我这种有专长的业务领导是非常有利的，我心里窃喜。这套考试题库软件并不复杂，根据学科不同分成三十六个子类，肿瘤类一共有一百套题，每套题里有四个问题，由三个肿瘤问题和一个其他学科问题组成。我随手用鼠标在电脑屏幕上点开了八十六这个数字，第八十六套题里的四道问题随即露出了真容，被投影仪投放到挂在墙正中的大背板上。

第一道题是其他学科问题：急性脑梗死溶栓治疗的时间窗是在几小时之内？

面对评审小组，我未加思索便从容回答道："国际医学界公认是在发病 3 小时内，但近年来随着医学的发展进步，溶栓治疗的时间窗已经可以扩大到 4.5 小时之内。"

第二道题是一张胸部 CT 片子，为了便于我看片子，评审小组把 CT 打印出来给我看，我对着阳光仔细看了一番 CT 片子后，给出了自己的结论："左肺下有大小约 1.9×2.3cm 结节灶，边界清楚，考虑恶性可能性大，左肺肺门区淋巴结肿大，考虑有肺内淋巴转移，第三胸椎有黑点，不排除骨转移可能。"

第三道题是：现阶段，我国肺低分化下腺癌的五年生存期平均能达到多少？

回答这个问题我几乎想都不用想："肺低分化腺癌的五年生

存期主要取决于患者有无近端或者远端转移灶，从整体上讲肺低分化腺癌的预后不是很乐观，我国的平均五年生存期不超过8%。"

第四道题是：EP化疗方案化疗期间需要注意什么？

这个问题对我来说太简单了："EP方案一般指VP-16（足叶乙甙）+PDD（顺铂）两种药物组成的联合化疗，多用于小细胞癌。EP方案容易引起患者低血压，在化疗期间一定要每天早晚监测血压，患者如果有高血压，需要停掉其长期服用的降压药物。"

整个竞聘过程非常顺利，我的表现也得到了评审小组的认可，至少在表面上他们对我是满意的。可我却不敢掉以轻心，我心里清楚，评审小组的三位成员里只有我们院的刘院长肯定是我的支持者，其他两位成员是卫生局的领导，他们的真实态度很难说。由于竞聘会是背靠背进行的，我不知道周副院长的表现怎么样，但从后来得到的信息来看，他的表现似乎不太好，竞聘会结束后第二天就病倒了，而且还是一种非常奇怪的病。他的右臂紧贴在躯干上，就像长在一起一样，怎么掰也掰不开，做了各种检查也没查出具体原因。

联想到谢峻豪的右臂，我隐约猜测这事恐怕和谢峻豪有关。我的猜测最终得到了周副院长的主动证实，在我去病房探望他时，他先是屏退了病房里其他的闲杂人等，只把我一个人留了下来。

然后在我的辅助下从床上坐了起来，我在他身旁坐下来，说起来这还是我和他认识这些年来第一次相距这么近。

周副院长以往的英气全然不见了踪影，换之一脸的憔悴。他怔怔地望着我不无感慨地说道："老高啊，咱俩斗了这么多年，最后还是你赢了。"

"老周，你别多想，过几天你的病就好了。"我安慰道。

周副院长苦笑着摇了摇头，伤感地喃喃道："没用了，没用了。"

"不过老高，有件事我觉得只能和你说。"周副院长颇为神秘地说道。

"什么事？"

"你不觉得竞聘会上临时加的那个业务测试很诡异吗？"

周副院长边说边在我的脸上寻找认同，我被他搞得莫名其妙。

"此话怎讲？"我问。

也许我一脸疑惑的表情让周副院长有些失望，他转过头去不再看我，自顾自地说道："我的第一道题是：上臂躯体粘连的最佳手术时间是什么时候？一看到这个题目我就有一种不好的预感，脑海里自动浮现出十二年前的一桩往事。那时我还在福利院当院长，有一天，院里接收了一个上臂躯体粘连的弃婴，这种先天性疾病并不是什么疑难杂症，只要在出生后半年内做一个很小的分离手术就行了。可是，这种小手术的油水实在太少了，我当

200

时没能给予重视。直到几年后，我偶然看到了那个孩子才想起来应该联系医院给他做手术。但这时那个孩子已经长大了，手术方案要比刚出生时复杂得多，非常不幸的是，手术后那个孩子出现了伤口感染，不久就死掉了。"

死了？这和我知道的情况有比较大的出入，尽管如此，我还是不动声色地继续听着周副院长的讲述。

"业务测试中剩下三道题的具体题目，我就不详细说了，我要说的是，另外那三道题无一例外全能联系到我以前工作中干的一些见不得光的事情，我在竞聘的时候就发现了这个可怕的规律。起初，我判断是有人在故意整我。"

话说到这里，周副院长不自觉地瞄了我一眼，我明白他口中的"有人"指的就是我。

"但是昨天早上一睁眼，我的右臂就变成了这个样子。我这才意识到不是有人故意要整我，这一切都是报应。老高，你常年在一线，不会一点秘密都没有吧？你的业务测试题里没有什么不对劲的地方吗？"

"没有啊。"我脱口回答道。

常在河边走，哪有不湿鞋的。不过，我确实没在业务测试题里发现什么不寻常的地方。

"那就好，那就好，你确实比我更适合做院长。"周副院长叹息道。

真应了那句老话，人之将死其言也善，搁以前，打死他都不会说出这句话来。

我满腹狐疑地结束了对周副院长的探望，心中最大的一个问号是他口说的那个可怕的规律，事实真是如此吗？

回到办公室自己的座位后，我把头靠在椅背上闭目养神，脑子里却在加速运转，那四道业务测试题又被重新梳理了一遍，然后在记忆深处找寻着连接点。最终的结果竟然让我倒吸了一口凉气，我连忙吩咐病案室调阅出八年前一个肿瘤患者的全部病历资料。打开病历档案袋，我首先看到了一张 CT 片子，拿起 CT 对着亮光瞅了一眼，只觉得头皮阵阵发麻，因为它和竞聘会业务测试上的那张 CT 片子一模一样。我知道自己有麻烦了，八年前的一件往事也在眼前渐渐清晰了起来。

八年前，我还是肿瘤科主任，一天在门诊出诊时，我收治了一位六十多岁的男性患者，患者姓隋，我称呼他隋师傅。隋师傅得的是肺癌，具体的病理结果是三期低分化腺癌，从确诊到去世一共不到四个月，我作为主治医生在这不到四个月的时间里，出现了一连串低级失误。

第一个失误，没仔细看片子。

隋师傅的胸部 CT 上第三胸椎有黑点，这意味着有骨转移的可能，需要通过 PET-CT 做进一步的详细检查。如果确定有骨转移就不适合做根治手术，但当时我没认真看片子忽略了第三胸椎的黑点，结果根治手术做完后才发现已经骨转移了。

第二个失误，隋师傅化疗期间没监测血压。

隋师傅有十多年的高血压史，长期服用降压药物。在给他实施 EP 化疗方案时，我既没让他停止服用降压药物也没给他监测血压情况，结果第二个疗程刚刚结束，他就因为血压过低引发脑部大面积腔隙性梗死。

第三个失误，隋师傅脑梗后未及时进行溶栓治疗。

隋师傅出现脑梗症状后，家属在第一时间将其送到我们肿瘤科。正赶上我马上要下班，那天我急着要去刘院长家陪他老人家下象棋，没能在时间窗内给隋师傅安排溶栓治疗，造成了不可逆转的严重后果，隋师傅瘫痪了。

第四个失误，忽视了隋师傅的耐受性。

隋师傅瘫痪后，身体状况非常糟糕，根本经不住化疗的副作用，我却完全忽视了这一点，依然教条地安排他化疗，最终他的第三个疗程刚进行了两天就去世了。

那阵子院里正要提拔我做副院长，我的论文数量差了不少，我的心思全放在发表论文上，对工作上的事不太上心。从严格意义上讲，隋师傅的死属于医疗事故，我负有直接责任。我最后虽然也意识到了这一点，却没有一丁点的自责。在肿瘤科工作了那么多年，早就在潜意识里形成了一种思维惯性，患者只要确诊是癌症，生命就已经开始进入倒计时，主治医生在具体的治疗过程中即使有一些瑕疵也是可以原谅的，无非就是让患者早死了几天而已，反正都是要死的。况且患者和患者家属都是外行，很难发现治疗方案有问题，医生说什么他们都相信。

隋师傅的家属对我一直很信任，在隋师傅死后还专门给我送来了一面锦旗。这让我的心里产生了一点小小的内疚，但是，我的那点小小的内疚很快就被升任副院长的喜悦取代。

业务测试上的四道题几乎完整地勾勒出当年隋师傅医疗事故的整个轮廓，那套考试题库软件果然有问题。我有一种莫名的恐惧，这种恐惧在第二天就被放大无数倍，因为周副院长死了。

周副院长是在睡梦中死去的，近期发生在他身上的一系列吊诡的事情在院里引起了不小的波澜。在我心里更是引发了近乎海啸般的震动，我害怕自己最后会像周副院长一样死于非命，甚至开始怀疑癌细胞已经开始在体内恣意妄为。

院长的职位近在眼前，可是我现在却一点也提不起兴趣来。什么都没有命重要，我决定在身体还没出现异常之前主动出击，来寻求破解这次劫难的办法。

按照隋师傅病历资料留下的地址，我让老王开车载我来到位于城东的幸福里小区。岂料，隋师傅家却早就换了主人，为了给隋师傅治病，隋师傅的老伴周大姐把房子卖了。经过一番打听，我了解到周大姐现在租住在工人村的棚户区里。

我和老王又马不停蹄地赶到工人村，辗转找了很久，最后终于在一处破旧的平房门前见到了周大姐。多年不见，周大姐苍老了不少，腰也弯了背也驼了，还挂上了拐杖，她已经认不出我是谁了。当然了，如果这次不是有目的地造访，周大姐对我来说就是一个路人。

在确认了我的身份后，周大姐核桃壳一样的脸上所有的纹理都加深了。

"原来是高主任啊，来来来，快进屋坐。"

我让老王到车里等我，一个人进了屋。屋子很小，不到十平方米的样子，而且只有这一间，吃喝拉撒睡所有的东西零乱地摆放在各个角落里，屋里根本没有能下脚的地方。周大姐把原本放在床边的杂物向床里推了推，一个破烂不堪的旧床单终于露出了冰山一角。

"高主任，快坐吧，家里乱，您别嫌弃。"周大姐指着"冰山一角"对我说道。

我坐下后，她还想去给我倒水，被我阻止了。

周大姐对我的来访很意外，我借口只是探望一下，没别的意思。周大姐对我的这个借口却是感激涕零，一个劲地说我是好人，搞得我羞愧不已。在和周大姐拉家常过程中，我尽量把话题往隋师傅身上引，以期能找到什么蛛丝马迹。

"隋师傅的墓在哪里？"我问。

"唉！我们哪有钱买墓地啊，我们家老隋的骨灰一直寄存在北山的殡仪馆里……"周大姐感叹道。

我脑子里忽然灵光一闪，何不给老隋买一块好墓地让他入土为安，这样会不会化解掉眼下的麻烦呢？买墓地的钱我个人来出，但不能对周大姐实话实说，找人让殡仪馆告诉周大姐，就说是上面对困难家庭的特殊政策，免费赠送的墓地。对，就这么办。

我这边正琢磨着，有些走神儿，周大姐那边还在继续说着什么没太听清。但是后来听清的那部分内容还是让我起了一身鸡皮疙瘩。

"……我们家老隋这个人啊，活着的时候就爱干净，去世了以后也是这样。我记得那是去世半年多之后的一天夜里，我做了一个梦，老隋像个泥人一样出现在梦里头，他让我帮他洗澡，我就帮他洗干净了。结果连着四天夜里我都做了同样的梦，我一寻思这事儿不对劲，就亲自去了殡仪馆的骨灰寄存室一趟，看到老隋的骨灰盒周围全是蜘蛛网，上面还落了一层灰，我赶紧给收拾干净了，结果当天夜里就没做梦。从那以后，只要老隋一托梦让我给他洗澡，我就知道他的骨灰盒又脏了。高主任，你说邪不邪门！"

告别了周大姐之后，我不敢懈怠，在第一时间为隋师傅落实好了墓地的事儿。又派人帮助周大姐完成了下葬及圆坟的相关事宜，最后我还一个人偷偷跑到隋师傅的墓前忏悔了一番，希望通过我所做的这一切能求得隋师傅的原谅。

与此同时，我到另外一家三甲医院做了一次全面的身体检查。检查结果全部出来后，没发现有任何异常，我稍稍松了一口气，可心里却还是不踏实，隋师傅真的能原谅我吗？坐在办公室自己的位置上，我反复问着自己。在不经意间又信手翻了翻放在案头上的隋师傅病历，偶然间，一个细节引起了我的注意。病历最后一页写得清清楚楚的，隋师傅是在 2008 年 4 月 2 日 23 点 44 分死亡的，而办公桌前的台历上显示今天正好是 2016 年 4 月 2 日，恰巧今天晚上我是值班副院长，这难道都是巧合吗？我感到浑身不自在。

以往轮到我值夜班时，一般没什么事儿晚上过了十点我就在沙发上睡下了。今天晚上的这个夜班，我注定是睡不着的，而且时间越往 23 点靠近我越惶惶然。好不容易坚持到 23 点，我觉得再这样下去自己就要疯掉了，得马上想个办法缓解自己的恐慌情绪，我想到了一个好办法，找个人到办公室里来陪我。

于是，我拨通了肿瘤科孙建军医生的分机号，他是我的学生，今天也值班，我们俩比较熟悉。这个点儿值班医生只要手头没活儿大多都在睡觉，好半天孙建军那头也没接电话，我这头心急如焚。最后电话终于接通了，听到的却是一个陌生的声音。

"高副院长，您好，我是泌尿外科的张军磊，请问您有什么指示？"

我这才意识到可能自己太紧张了，拨号的时候拨错了一个数字，竟然把电话打到泌尿外科去了。这个张军磊我没有印象，声音很陌生，能感觉到他也是刚睡醒。不过，大概是第一次和我这个副院长通话，他好像挺兴奋的。我管不了那么多了，甭管认不认识，此刻只要有人来陪我就行。我让张军磊到我办公室里来一趟，只过了片刻工夫，他就到了。

张军磊看起来不到三十岁，中等身材，瘦削的一张脸，小伙子给人的感觉不是太精神。这是他第一次来我的办公室，似乎有些紧张，在我的再三推让下，才坐到我办公桌前的那把椅子上。

我们俩分别落座后，我告诉张军磊叫他过来只是随便聊一聊，希望他不要太过拘谨。然而张军磊却还是放不开，我问一句他答一句，决不多说半个字。他的到来丝毫也没有缓解我的紧张情绪，反倒是让我更恐惧了。尤其是脑后的位置感觉特别奇怪，就好像空调吹出来的阵阵凉风直扑后脑勺一样。在张军磊这个下属面前，我还不得不正襟危坐，装作若无其事的样子，很不舒服，贴身的内衣也湿透了。

张军磊在回答完我的一个问题后又自动闭上了嘴巴，眼巴巴地等着我的下一个问题。我本来就心不在焉，一下子没想好还能问他什么问题，一时间冷了场。就在这时，办公室的门悄无声息地开了，从外面进来一阵冷风吹到脸上，麻酥酥的感觉。我起身去把门从里面反锁好，等我重新回到座位时，门却又慢悠悠地自己开了。

现在在我眼里，洞开的大门仿佛一个怪兽张开了它的大嘴要将我吞噬。我瞟了一眼墙上的挂钟，刚好晚上十一点半，莫非是隋师傅的鬼魂进来了？我悚然一惊，两条腿不禁打起战来。

我手足无措，只能用空洞的眼神呆呆地望着门口的方向。突然，我的余光告诉我，张军磊似乎笑了一下。当我把目光转移到张军磊身上时，却发现哪有什么张军磊，坐在我面前的居然是隋师傅。我眼前一黑，随即失去了意识。

等我醒来时，视线里出现刘院长的脸。我连忙坐起来环顾四周，发现自己躺在前几天周副院长住的那间病房里。

刘院长见状如释重负道："文武，你总算醒了。"

我发现自己还活着也长舒了一口气，我让病房里的两个护士暂时到病房外等候，待病房里只剩我和刘院长两人后，赶忙详细讲了自己最近的遭遇，连带说了一下周副院长死前发生的蹊跷事儿。

刘院长听完后没说什么，只是一脸凝重地在病房里踱着方步，他思忖了良久才缓缓开了口。

"文武啊，我觉得你这段时间是不是压力太大了？你是知道的，我一直都希望由你来接我的班。这次院长竞聘会临时加的业务测试是我的主意，目的就为了给你加分。我现在可以告诉你实情，我认识那个考试题库软件的设计者，事前我就安排好了，那个考试题库软件里收录的肿瘤类问题全是以你经手的患者病历编写的，你觉得里面的题看起来面熟也是正常的，那套考试题库软件本身是没有任何问题的。你刚才和我说过的那些离奇的经历都是你的幻觉。"

幻觉？我彻底蒙了。可是，必须要承认刘院长的话是有一些道理的。刘院长走了以后，我努力让自己一团糨糊似的大脑冷静下来，马上就发现刘院长的说辞经不起推敲，漏洞很明显，周副院长的死又做何解释呢？

我拖着虚弱的身体来到保卫科，调取了4月2日晚上的监控录像。在录像上看到，4月2日23点，在我办公室外的走廊上出现了一个老年男人的身影，模模糊糊看着很像隋师傅。他在进到我办公室之后就没再出来，监控画面一直没有新内容，直到4月

3日0点05分，才出现医院保安巡逻到我办公室门前发现异常的画面。

隋师傅的鬼魂现身却没置我于死地，他到底意欲何为？是要慢慢折磨我吗？刘院长他老人家为了安慰我，显然说了谎话。不过，刘院长说他认识那个考试题库软件的设计者倒是提醒了我。不管刘院长是真认识还是假认识，我都应该找到这个人见一面。这对我来说并不难，没过多久，我就查到了那套考试题库软件设计者的个人资料，他叫谢峻豪，今年十二岁，是一个在福利院长大的残疾儿童。

耳畔响起了雷鸣般的掌声，家长们用这种方式告诉谢峻豪："你的演讲非常棒。"

我有一种恍如隔世的感觉，像从缺氧状态中逃出来一样，大口呼吸着空气中的氧气。主持人重新上台后，在为大家介绍下一位选手之前还不忘补充一句："衷心希望八号选手谢峻豪长大后，真的能实现自己的梦想，设计出一套具有复仇功能的考试题库软件。"

原来刚才发生的一切都不是真实的，我心里却并不觉得轻松，不知道为什么，我有一种不祥的预感。

三天后的下午，院长竞聘会如期举行，经过抽签我先上场。在演讲和答辩这两项中间，果然临时加了一个业务测试，那套对我来说并不陌生的考试题库软件出现在我的面前。眼前的一切都似曾相识，在这幕以情景重现为主题的"话剧"里，我只是一个演员，能做的只有重复自己的戏份，这难道就是人们常说的宿命吗？我不甘心，在手中的鼠标下意识地滑向八十六这个数字时，我强迫自己停了下来，然后胡乱选了一个数字，反正只要不是八十六就行。

然而，当第一道题的内容映入我的眼帘时，我还是绝望了：急性脑梗死溶栓治疗的时间窗是在几小时之内？

相
亲

"找对象了吗？都老大不小的了，赶紧找吧，岁数大了就不好找啦，别再挑了，再等就没好的了……"

已经不记得从什么时候开始，1990年出生的我也成了大龄女青年，几乎每天都能听到类似的声音，被安排相亲更是家常便饭。前不久，师姐又给我介绍了一位。

师姐比我大两岁，我和她的师姐妹关系并不是建立在校园里。小的时候我们俩曾一起学过武术，遂以师姐妹相称至今。师姐是个热心人，曾给我介绍过好几个男朋友，却没有一个靠谱的。我已经不指望在她这条线上找到合适的男朋友了，这次这个我本来不打算见面，师姐却一再向我强调，这个小伙子与众不同，保证能让我满意。我好奇于对方是何方神圣，于是就答应了和小伙子见一面。

见面安排在一个星期天的上午十点，那天天气不错，阳光明媚，我心情还不错。到了十点，我准时到达约定地点——一个不大的水吧。水吧里一位顾客也没有，不用问，小伙子肯定还没来。我随便找了个位子坐了下来，这还是我相亲生涯中第一次遇到迟到的人，心里有点不舒服。落座后半个小时，还不见小伙子的踪影。

难道他的特别之处就是迟到吗？我有些怨恨师姐又给我介绍了一个不靠谱的主儿。虽然之前师姐已把小伙子的手机号码给了我，但我是不会主动给他打电话的。不知何故，师姐故意不告诉我小伙子的名字，只说见面时自然就知道了。就在我等得有些不耐烦时，小伙子发来了短信：苗苗小姐，实在对不起，我过一会儿才能到。给你发一条笑话，算是向你赔不是了。

这种道歉方式我还是头一次遇到，可是接下来他发过来的却并不是什么笑话，而是一个灵异故事：

　　明朝嘉靖年间，荒村有一对年轻夫妇，妻子的名字叫胭脂。当时常有倭寇出没，胭脂的丈夫被强征入军队，被迫到外省与倭寇打仗。

　　丈夫在临行前与胭脂约定：三年后的重阳节，他一定会回到家中与她相会，如果届时不能相会，两人就在重阳之夜一同殉情赴死。

　　三年后的重阳节将近，远方的丈夫依旧杳无音信。

胭脂每日都等在村口，有天遇到一个游方的托钵僧，僧人赠予她一支笛子，吩咐她在重阳之夜吹响笛子，丈夫就会如约归来。

重阳之夜，胭脂吹响了那支笛子，当一曲忧伤的笛声终了，丈夫竟真的回到了家门口。她欣喜万分地为丈夫脱去甲衣，温柔地服侍丈夫睡下。

在他们一同度过几个幸福的夜晚之后，丈夫突然失踪了。不久，胭脂听说她的丈夫竟早已在重阳之夜战死。原来，重阳节那晚，她丈夫在千里之外征战，故意冲在队伍最前头，被敌人乱箭射死。

他名为战死，实为殉情，以死亡履行了与妻子的约定。他的魂魄飞越千山万水，只为返回故乡荒村。

这个灵异故事有多个版本，我早就看过。故事的源头是《后汉书·范式传》里的《范式之约》，本无灵异色彩和爱情元素；后被明代文学家冯梦龙改编成《范巨卿鸡黍死生交》，变成了灵异故事；又被今人加入爱情元素改编成多个不同的版本。著名悬疑作家蔡骏曾分别在小说《夜半笛声》和《荒村公寓》里用过这个灵异故事，小伙子短信发来的这一版，就是《荒村公寓》里的版本。很快，小伙子又发来了短信：不好意思，苗苗小姐，刚才发错了。我马上就到了，笑话先欠着，过后一定给你补上啊。

哼，谁稀罕你的笑话。我在心里暗暗说道。

不一会儿，只见一个身材魁梧、膀大腰圆的胖子小跑着从外面兴冲冲地进来，他走起路来肚子上和脸上的肥肉一颤一颤的，给人一种肥腻感，目测体重肯定在二百斤以上。

不会就是他吧？我隐隐有些担心。

水吧里只有我一个客人，那个胖子进来后没多想就直奔我而来，随着他一点点向我走近，一股汗臭味扑面而来。

"你好，苗苗小姐。"

我感到失望至极，相亲对象果然是他。不过，多年养成的修养还是让我勉强挤出一丝笑容和胖子打了个招呼。

"苗苗小姐，你不记得我了吗？我们也算是老朋友了。"

胖子落座后紧盯着我的脸，急切地问道。

我一头雾水，茫然地望着他那张胖脸，摇了摇头。

胖子接着微微低下头，伸出右手把前额的头发使劲向后拢，露出完整的脑门儿，送到我眼前。

"你仔细看看这个。"

我掩鼻阻挡着胖子头上升腾出来的阵阵馊味，漫不经心地向他的脑门儿瞟了一眼，看到他前额正中央的位置上有一个铜钱大小的疤痕。

"看到这个疤了吧？你再想一想这个疤是谁弄的？"胖子继续低头问道。

这一次我把目光长时间停留到那个铜钱疤上，同时打开记忆的大门，在里面翻找着能和铜钱疤联系在一起的所有信息。慢慢地，多年前发生的一件往事涌上了我的心头。

当年，我和师姐练武的地方是环翠楼公园里的一处空地上，练功时间是每天晚饭后。在同一场地，有一对常年练习拳击的父子，时间几乎和我们同步。那个父亲生得虎背熊腰，一身的肌肉疙瘩，一看就知道是一个生性好勇斗狠的家伙。他对中国传统武术十分蔑视，曾当众对他儿子说："所有中国武术都是中看不中用的花架子，真正实战起来一点都不实用。"他儿子是一个小胖子，年纪和我差不多大。受他父亲的影响，对我们这些练武术的小朋友十分看不起，时不时地用言语或者动作挑衅我们，师父总是叮嘱我们不要理会，更不能主动招惹他们爷儿俩。

师父教我们的武术名叫"通背拳"，学起来特别枯燥，常常是那个小胖子在那边不亦乐乎地捶打着他父亲的肚皮，我们却只能在这边蹲马步，一蹲就是半个小时，或者站在原地不停地甩着两个胳膊，在习武之初，我们的实战练习非常少。

有一天晚上，我们学武术的这群小朋友和那对拳击父子档去得都挺早的，师父还没来，我和师姐在追逐嬉闹中等待着师父的到来。师姐在奔跑中不小心撞到了那个小胖子，小胖子当即发了火，骂了师姐。我们早就看不惯平时一向趾高气扬的小胖子，一起冲了上去把他围了起来。双方起了激烈的争执，吵得非常凶。

小胖子虽然只身一人，却一点没有胆怯。有两个大人上前劝架，但更多的大人在一旁看热闹，小胖子的父亲默默地站在一旁静观事态的发展。很快，争执有了结果，互不服气的双方决定比试比试，一对一单挑，由师姐和小胖子打一场，谁被打倒算谁输。

也许这正是小胖子父亲希望看到的，他对儿子的实力非常有信心，正好还可以用实践来印证他对中国武术一直以来的认识和理解。他主动上前向两个孩子再三申明点到即止后，众人散去，师姐和小胖子拉开了阵势。

小胖子虽然人长得胖，步伐却很灵活，师姐根本无法近身，几次向小胖子甩掌都打空了。通过不停闪展腾挪，小胖子多次用直拳打在师姐身上。师姐也算是训练有素，被击中后并不后退，而是马上直接往小胖子身上扑。师姐当时十二岁，女孩子毕竟发育得早一些，她比小胖子高了快一个头，身体也很壮实，师姐的战术就是想用贴身肉搏的方法把小胖子摔倒。后来师姐终于抓住小胖子的一个空当，扭住了小胖子的左手，对着他的脑袋连续抡了两下胳膊。小胖子挨了两巴掌后，反应很快，身体弓成一团，突然打出一记右勾拳准确击中师姐的左下巴。师姐仰头退了两步后倒下了，小胖子赢了。

我在一旁急得不行，眼见师姐输了，实在气不过，情急之下从地上随手捡起一块石头使劲掷向小胖子。不偏不倚，正中小胖子的前额，鲜血顿时从他的脑门儿流了下来。

小胖子看到是我扔的石头，红了眼，想冲到我面前来打我，却被他父亲在身后死死拽住。师父不知道什么时候来的，只见他老人家走到小胖子父子身前，平静地说道："实在对不起，我没管教好自己的徒弟，偷袭伤人不是君子所为，你儿子的医药费由我来出。"

小胖子父亲十分豪气地大手一挥："不用了，男孩子受这点小伤不算什么！再说了，男子汉大丈夫也不能和小姑娘一般见识，不是吗？"

随后两人推让了一番，小胖子父亲坚决不接受师父的赔偿，师父无奈之下只好言道："要不这样吧，你儿子资质不错，我来教他通背拳，他只要用心学，日后定能成器，也算是补偿补偿小家伙儿吧。"

小胖子父亲十分不屑地冷笑了一下，没作声。

师父见状又说道："别看今天你儿子赢了，我敢说三年后，只要我教的这些孩子坚持练下去，你儿子没有一个能打得过。"

小胖子父亲心不在焉地搪塞道："就不给您老添麻烦了。"

师父轻叹了一声，望着小胖子父亲那宽厚的胸膛说："我单手推你一掌，你能挡得住吗？"

小胖子父亲不假思索地点了点头。于是，师父缓缓举起右臂，用右掌轻飘飘地在他胸口上按了一下。小胖子父亲似乎没什么感觉，不以为然地朝师父拱了拱手，然后领着小胖子大步流星地走了。

第二天晚上，小胖子父子早早地来到练功的地方，他爷俩并没有像往常那样立即开练，而是静静地坐在一边。等我师父刚一出现，小胖子父亲就一个箭步冲了上去。

师父问："感觉怎么样？"

小胖子父亲有气无力地回答道："胸口像被无数根针扎了一样。"

师父淡淡一笑："不碍事儿，过两天就好了。"

小胖子父亲又问："您就那么轻轻一碰，我就疼成这样，到底是怎么回事？"

师父轻描淡写地回答说："一两句话说不清楚，这就是中国功夫！"

从那天开始，小胖子也成了师父的徒弟，自然就成了我的师弟，我们又一起跟着师父练了四年多通背拳。不过，我和他的关系并不太融洽。印象中，小胖子特别小气，就因为我曾经伤过他，我们一起练功的几年间，从不和我说话，对练时也从不和我一组，我也挺烦他的，我们两个人基本上是桥归桥路归路，两不相干。后来由于学业的日渐繁重，我在上高中后就没再去跟师父学通背拳，小胖子好像在我离开后不久也离开了。

当年的小胖子，现如今变成了大胖子，没想到还成了我的相亲对象。

"原来是秦桧呀，胖得都没人样了。"我脱口说道。小胖子真正的名字叫秦辉，大家给他起了个外号叫秦桧。

"哎呀，你总算是认出我来了。"秦辉两眼放光，兴奋地说道。

"你是哪根筋没搭对，想起和我相亲了，当年咱俩可是连话都不说的。"我本来就对秦辉没什么好感，和他说话，不管是语气还是内容都非常不客气。

"那都是误会，我不是故意那么做的，只是每次面对你的时候都不知道该说什么好。"

"别瞎说了，对练的时候，从不和我一组又怎么解释？"

"我那是怕伤着你……"

"哼，你别找借口了。"我很不耐烦地打断了秦辉的话。

我真心不愿意和秦辉以相亲男女的身份面对面，希望能立即结束这次相亲，索性从座位上直接起身向秦辉告别。

"我觉得，咱们就到此为止吧。"

能看得出，秦辉有些失望，眼神黯淡无光，但脸上还是强颜欢笑。

"苗苗，你知道吗，这次为了能和你在这里见面，我可是跋山涉水，好不容易才赶来的。即便是相亲不成，咱们作为老朋友，你就不能坐下来请我喝杯水吗？"

我想了想，觉得秦辉说得也在理，就重新坐了下来，跟服务员点了两杯柚子茶。秦辉可能也是渴了，服务员把柚子茶送上来后他接过去就喝了一大口，然后像是突然想起了什么，问服务员能不能续杯，在得到否定的答复后，他从第二口开始就变成小口啜了。看来，他还是没改掉小气的毛病。不过，这些对我来说并不重要，秦辉身上有任何毛病都和我无关，接下来的时间只不过是例行公事的垃圾时间而已。

我本以为秦辉会向我解释一下迟到的原因，结果他居然和我扯起了闲篇。

"现在的物价真是高啊，这么一小杯柚子茶就要十五块钱，简直是抢钱。"秦辉无限感慨道。

我冷笑了一声，没说什么。

秦辉说："现在这世道，连豆浆都快喝不起了，两块钱一小杯。其实就是在卖高价水，还是自己在家打豆浆更好一些。"

豆浆是我的最爱，每天早上都喝，但我从没觉得存在喝不起豆浆的问题。

秦辉接着自顾自地说道："还有辣白菜炒饭，最便宜的十二元一份，里面米饭没多少，炒饭用的油都是地沟油，辣白菜也有很多是快腐败变质的，吃多了会得癌症的，还是在家里吃更卫生一些。"

我实在是听不下去了，辣白菜炒饭也是我的最爱，竟然被秦辉说得这么恶心。见秦辉还想张嘴说什么，我直接插话道："你刚才说你是跋山涉水，好不容易赶来的。能说来听听吗？我看看怎么个不容易法。"

秦辉面露尴尬，低头啜了一口柚子茶。

"你真想听吗？可是有一点恐怖的哟。"

等他重新抬起头来的时候，脸上掠过一丝凝重。

我猜他没有能摆在台面上的理由，只不过是故弄玄虚而已。于是，我故意装作很无所谓的样子，回答秦辉道："我还就愿意听恐怖的。"

秦辉怔怔地望了我好半天才说道："那好吧。"

这时，我手机响了，屏幕上显示是师姐来的电话，我本想接听，但秦辉那边已经开讲了，我也想快点结束这次见面，就拒接了师姐的电话。

秦辉说："我今天一大早就去文登农村帮人出婚车，以前我从不接这种活儿，这次是因为我听家里的老人讲，在相亲之前出婚车能讨个好彩头。开始的时候还好好的，真正的恐怖是从车子开到新娘家开始的。

"我开的是头车，车上只载着新郎，一个二十多岁的小伙子。到了新娘家门口，新郎刚下车，一个老太太双手不知道攥着什么东西就钻进了车里。刚进车里，老太太就把手里的东西在后车座上撒了一些，我回头一看，是一些淡黄色的粉末。我忙问她这是干什么，她说在撒玉米面，这是当地的规矩，接着就把手里的玉米面往前座上撒。说来也奇怪，我既没开车窗也没开空调，扔向副驾驶位置上的玉米面却不知道被哪里来的风吹了回去，弄得老太太也眯了眼。老太太一边揉着眼睛一边用当地土话骂了一句，

224

我听不大懂，只听懂了最后她说让我等着，她回去拿什么东西。

"与此同时，我听到有人敲我身旁的车窗，摇下车窗后看到一个面色黝黑的中年汉子，他告诉我一会儿新娘上车后，要等鞭炮全放完之后车子才能开走，这也是当地的规矩。我探出脑袋看了一下，好家伙，不知道什么时候，我那辆斯巴鲁森林人已经被好几挂鞭炮围了一圈。我心里暗骂，等鞭炮全放完，我这车身的漆也快崩没了。

"这时，鼓手们已经开始奏乐，摆放在不同地方的鞭炮齐鸣，新郎抱着新娘低着头从硝烟里冲了出来，后面紧跟着一个四五岁大的小男孩，我赶紧下车给他们仨拉开车后门，等我们四个人都坐好后，我冒着炮火迅速开车离去，我可不忍心让爱车饱受鞭炮的洗礼。我从后视镜里看到，中年汉子和之前那个老太太站在原地急得直跺脚。

"出了村子路面变得宽敞起来，我终于可以静下心来听一听后座的对话了。我知道那个小男孩是女方家里的送亲童子，男方需要在娶亲的车上用钱搞定他，到男方家时他才能让女方下车。这大概应该会是一段挺有意思的旅程，谁知那个小男孩一上车就开始大哭不止，任凭新娘怎么哄也无济于事。从新娘哄小男孩的话中，我得知小男孩是新娘子的亲侄子。

"小男孩的哭闹声让我心烦不已，通过车里的内后视镜我注意到小男孩边哭边用手指着副驾驶的位置，联想起刚才那个老太太撒玉米面时的场景，我立即警觉起来。莫非车里进了不干净的东西？想到这儿，我感到后背凉飕飕的，下意识地把四个车窗都打开了。风一下子灌进车内，也给了我极大的安全感。新郎这时也被小男孩弄烦了，对着小男孩大吼了一声，小男孩立即止住了哭声，但仍在不停地抽泣着。

"我暗暗松了一口气，渐渐放慢了车速。小男孩情绪恢复正常后，终于对着新郎开口说道：'你不拿十万块钱，俺肯定不让俺姑下车。'我不由得倒吸了一口凉气，好大的胃口呀，看来农村的风气现在也变了。新郎听完小男孩的话后直接质问新娘：'秀秀，你家这到底是啥意思？咱不是早就说好了给一万的吗？'我好半天没听到新娘的回答，忍不住又从内后视镜向后看。只见新娘一脸惊恐地望着小男孩，那眼神就像根本不认识小男孩一样。那个小男孩两眼直勾勾地望着前方，眼神非常诡异。

"'秀秀，你这是咋啦？你倒是说话呀。'终于传来了新娘颤抖的声音：'这不是俺家航航的声音，你到底是谁？'新娘厉声质问小男孩，小男孩沉默以对，依然是呆滞的眼神。我的双手在方向盘上被汗水粘住，浑身上下如小鸡啄米一般剧烈地抖动起来……"

我的手机再一次响起，来电人还是师姐。我听得正入神，一时没回过神来，任凭手机在桌子上响个不停。秦辉忽然伸手一把抓起我的手机，滑了一下拒听按钮，手机立马就安静了，但很快又一次响了起来，这次秦辉干脆直接关掉了手机。

秦辉气急败坏地说道："你的手机铃声真让人讨厌。"

秦辉的这一系列举动太突然也太出乎我的意料了，等我反应过来时，他又自顾自地讲述起来："……新郎还没反应过来，连问了新娘几声发生什么事了，新娘没有理会，一个劲儿地喊停车。我早就被吓傻了，心里也想着停车，手和脚却不听使唤，直到车子开到一座桥上时，才以急刹车的方式停了下来，差一点就撞在桥栏杆上，桥下面就是一座大型水库。车一停，新娘就拉着新郎跳下了车，我几乎也在同时下了车，把小男孩一个人留在了车里。新郎还不明所以，在我和新娘把各自的发现都说出来后，他才明白其中的缘由。我们三个人面面相觑，却又不知所措。那个小男孩静静地坐在车里，一动不动。在长时间的沉默中，我们终于等来了后面的车队。

"那个小男孩却在这个时候恢复了正常，但我却没了继续送亲的心情，一个人开着车回到了市内，由于路不熟走了弯路，耽搁了一些时间，所以才迟到了。"

秦辉说完之后就起身向我告别，临走前，他对我说道："我从不欠别人东西，欠你的那个笑话，我一会儿会发到你手机上。"

离开水吧后，我给手机重新开了机。旋即，师姐的电话就又来了。接通后听到她在电话那头焦急的声音："苗苗，是不是等着急了？实话跟你说，今天安排和你见面的那个小伙子是秦辉，就是咱们的师弟。但是，他今天去不了了。我刚才接到消息，秦辉今天早上去文登帮忙出婚车，半路上出车祸了，人当场就没了……"

我茫然地呆立在原地，虽然手机依然举在耳边，但电话那头师姐说的什么一句话也听不见。后来，我终于能听见手机里发出的声音了，是短信提示音，我用颤抖的手指点开了那条短信，上面是这样写的：有个男孩一直暗恋一个女孩，男孩知道女孩爱喝豆浆、爱吃辣白菜炒饭。男孩希望有朝一日，女孩能喝到他亲手打的豆浆，吃到他亲自做的辣白菜炒饭。为此，男孩请教了许多专业人士，最后终于学会了如何制作最好喝的豆浆和最好吃的辣白菜炒饭。

男孩学成之后急切地想实现自己一直以来的夙愿。于是，他约了女孩见面，打算一展自己的精湛厨艺。在两人见面之前，男孩到菜市场购买制作豆浆和辣白菜炒饭的原材料，没想到当他付钱的时候，所有的摊主都告诉他零钱不够，找不开。男孩觉得奇怪，仔细瞅了瞅手中的钞票，赫然发现上面的面值竟是十亿元。

同学会

　　林方艳终于来了，她身着黑色晚礼服，头戴一顶高雅的礼帽，涂着淡淡的红唇，胳膊上挎着一个精致的坤包。当她扭动着腰肢款款地走进包间时，人群中响起了一片惊叹声。没人责怪林方艳迟到了半个多小时，大家都知道这是她的习惯，最重要的人物总是最后一个压轴出场。

　　我组织这次同学聚会没有什么功利性的目的，所以在通知大家伙参加时明确强调过聚会的宗旨是：不炫耀不攀比不挖掘人脉只叙旧情。可是，那些混得好的同学还是会选择比较高调的亮相方式，就像眼前的林方艳，大家都知道，她嫁给了郑氏集团的大公子，现在根本不需要出去工作，天天在家养尊处优。在我的亲自招呼下，林方艳缓缓入席坐到我对面，坐在她左右两边的是两个男同学，一个帮她拉椅子一个帮忙挂帽子，显得十分殷勤。

林方艳坐定后，眼神很随意地在同学中间快速扫了一遍，她的目光最终落在最里桌坐在靠近墙角的张大可身上，张大可正低头嗑着瓜子，并没注意到林方艳的眼神。张大可是我们的班长，现在是一名普通的公交车司机。来到聚会现场后，除了必要的寒暄外，张大可的话不多，更多的时候是别的同学在绘声绘色地讲述，他在一旁静静地听。

　　这是初中毕业二十年来，第一次全班范围的同学聚会。包间里的三张桌子已经坐满了，见能来的人都到齐了，我作为组织者站了起来，正准备做个简短的开场白时，包间的门被推开了，进来一个看起来二十二三岁的女孩儿。

　　"你们这些老同学也太不讲究了，聚会竟然也不叫我。"

　　女孩儿一边嚷嚷着一边走到我跟前，笑眯眯地望着我。她的眼睛非常小，笑起来时眼睛在脸上几乎可以忽略不计。

　　我在脑海里快速搜索着，却怎么也想不起来这个女孩儿到底是谁。在座的同学们也是面面相觑。

　　"美女，你是不是搞错了？我们这是六中九五届六班的同学会。"我问。

　　"真让人伤心，看来你们真把我给忘了。"女孩儿哀叹道。

　　"这是谁家的闺女啊，快出来认领。"我右边的魏季凯调笑着对同学们说道。

女孩儿听后，淡淡一笑，然后使劲眯缝着眼睛把脸向前凑了凑。

"你们再好好看看，我是谁？"

过了半晌，人群中响起了一声尖叫："你不会是严艺莲吧！"我循声发现，声音的发出者是吴曼。

女孩儿这才睁开眼微微点了点头。

紧接着更多的尖叫声响起，声音大多数出自女同学。

"你怎么会这么年轻！"

我终于想起这个女孩儿是谁，她是严凤珍，由于一对眯缝眼酷似香港著名女歌星林艺莲，同学们都叫她严艺莲。转念又觉得难以置信，同学们都到了三十五六岁的年龄，尤其是女同学们，几乎个个都是一脸浓妆厚粉，即便是保养得最好的林方艳，眼角依然掩饰不住淡淡的鱼尾纹。眼前的严凤珍完全是素颜，却看不到一丝岁月留下的痕迹，简直太不可思议了。

我赶忙让严凤珍坐到我的位置上，又喊服务员在严凤珍身旁加了把椅子给我自己坐。随后宴席正式开始，气氛一直非常热烈。严凤珍自然成了焦点，大家都好奇她容颜不老的秘诀，严凤珍却始终含糊其词，对于一些个人情况，她也是简单地一笔带过。女同学们见问不出个所以然来，渐渐没了耐性，把话题转移到本就该是女主角的林方艳身上。男同学们倒是执着，轮番和严凤珍碰杯。想想挺有意思的，上学那会儿，严凤珍是一个不折不扣的丑小鸭，现如今只是因为面相年轻就备受青睐，看来对男人来说，年轻对于女人的重要性有时候远远超过美丽。

菜过五味，酒过三巡后，同学们开始三三两两地互相热聊着。严凤珍和魏季凯的座位紧挨着，两人相谈甚欢频频举杯。到后来，魏季凯越喝越兴奋，说话时的声音也高了不少。

"严凤珍，我说句掏心窝子的话啊，今天咱们老同学聚会，我最开心的就是能见到你。"魏季凯一脸红光，眼睛里闪烁着兴奋的光芒，直勾勾地盯着严凤珍的脸。

"老魏啊，这你可就言过其实了。"

严凤珍不卑不亢地说道。

"我哪有言过其实！"魏季凯争辩道。

"你今天来最开心的是，又看到老相好了。"严凤珍冷不防来了这么一句。

魏季凯一下子就语塞了，半张嘴巴看着严凤珍，好半天才说："老相好？谁呀？"

"还有谁？吴曼呗。"

严凤珍的声音很轻，但大多数同学都听到了，大家伙一起跟着起哄，注意力全被吸引到魏季凯和隔壁桌的吴曼那里。

我起初也跟着一块起哄，后来突然想起，严凤珍在初二上半学期结束后就转学走了，而魏季凯和吴曼闻名全校的早恋事迹，是在临近初升高考试时才满城风雨的。

想到这一层，我随口问严凤珍："如果我没记错的话，你初二上半学期结束之后就转学走了，他俩的事，你是怎么知道的？"

没想到，严凤珍却答非所问："这不重要，重要的是，我知道大家所有人的心中所想。"

"说这话就有点吹牛了吧，严凤珍？"

一直故意不和严凤珍搭话的林方艳，此时终于忍不住开口和严凤珍对上了话。

严凤珍却并没接茬，而是侧头转向我这一边。

"你也不相信吧？"

看我不置可否，严凤珍又说道："张海明，你知道吗，我今天来的主要目的是来回答你一直隐藏在心里的那个疑问。"

我被搞得一头雾水，继续茫然地望着严凤珍。

"大家安静一下，都来听听严凤珍的高论。"

林方艳高喊了一声，包间顿时安静了下来。

"严凤珍，我不明白你的话到底是什么意思。"我说道。

严凤珍不再理会我，她慢慢站起身来对大家高声喊道："大家应该都没忘记初二上半学期开学时的那次班长选举吧。"

严凤珍故意停顿一下，平静地望着大家伙儿，包间里的气氛瞬间凝固了。

严凤珍接着说道:"在那次选举中,学习成绩平平各方面都不突出的张海明,也就是今天组织大家聚会的张总也得到了一票。这些年来,张总一直都想知道,当时到底是谁投了他一票。"

我感到内心深处的某个地方被轻轻地触碰到了,严凤珍说得没错,那个疑问这些年的确一直萦绕在我心头。但我却没法开口去问,因为关于那次班长选举的话题,后来成了禁区,同学们都不愿意提及。

初二上半学期刚开学,我们班原来的班长由于生病不得不休学。班主任王老师在全班范围内组织了一次班长海选,名义上是海选,实际上有竞争力的只有两个人,一个是学习委员兼文艺委员陈宁,另一个是体育委员张大可。陈宁不但学习好、多才多艺,还具有非常强的组织能力,在班长空缺期间一直是代理班长,她当选班长的可能性要比张大可大得多,陈宁本人对选举结果也是信心满满、志在必得。岂料,最终的结果却是张大可当选,这对一向心高气傲的陈宁打击非常大,那天放学后,她以最快的速度离开学校,然后一路狂奔,结果在一个路口出了车祸,并且当场死亡。

我在选举中能得到一票确实是个意外,不过,现在更让我疑惑的是,严凤珍是如何洞悉我心中所想的,我从来都没和任何人说起过。

严凤珍的这段话让包间里一片缄默，安静得能听到每个人的心跳声。

"不会是张海明自己给自己投的票吧，哈哈哈。"

魏季凯打破了沉默，但很快就发现没人回应他的调侃，见讨了个没趣，迅速合上了嘴巴。

严凤珍又一次侧头对我说道："张海明，我现在就可以告诉你，在那次选举中，并没有人选你的。"

"这怎么可能呢？"我下意识地问。

严凤珍："你可能觉得不可思议，但实际上的确如此。没有人给你投票，并不是你心里一直幻想的，是哪个暗恋你的女生给你投的票，我说的都是真的。"

我有一种在众人面前衣服被扒光了的感觉，严凤珍甚至连我心里的幻想都知道，她简直太可怕了。我忍不住站了起来，以保证自己的眼睛和严凤珍的眼睛保持在差不多的水平线上。

"这到底是怎么回事？严凤珍，你别停顿继续说下去。"我说。

大家伙儿坐在那里也都是屏气凝神，急切地等待着严凤珍的下文。

严凤珍用平静的口吻说道："这件事，还要从头说起。我们大家都知道，那次选举的最终结果间接导致我们永远失去了美丽的陈宁，我们再也不能在新年晚会上看到她那曼妙的舞姿。选举时我在黑板上画正字，对最终结果我记得很清楚，陈宁二十三票，张大可二十四票，其他人八票，陈宁只输了一票，包括陈宁自己在内，我们大家伙儿谁都没想到陈宁最终会输。那么，陈宁为什么会输呢？陈宁在班里的人缘非常好，身边有一群好姐妹，这些好姐妹里有不少人在正式选举之前都向陈宁表过忠心，但个别人却口是心非，在选举中把票投给了张大可。她们这么做仅仅是因为嫉妒陈宁，她们当中有好几位今天也来了。"

"都有谁呀？"魏季凯插话问。

严凤珍冷笑了一声回应魏季凯道："你的老相好就是其中之一。"

闻听此言，吴曼立即跳将起来，指着严凤珍喊："严艺莲，你别在这里神神道道地血口喷人。"

吴曼两旁的同学赶紧劝吴曼别激动，魏季凯更是走上前把吴曼按坐到椅子上。

"不承认也没关系，真实的情况你我心里有数，已经发生的事情是谁都改变不了的。"严凤珍依然是不咸不淡的语气。

"这些你是怎么知道的？"我终于问出了一直想问的这个问题。

可是，严凤珍却没有回答我，又自顾自地继续着她的讲述。

"即便是有一些人叛变，陈宁也依然应该是选举的最终赢家。

236

实际上自始至终得到大家投票的只有陈宁和张大可两个人，根本就没有人给张海明他们八个人投票。真正的得票结果是 36 比 19，陈宁完胜张大可，可是，有一个人左右了最终的结果。"

说到这里，严凤珍又故意停了下来，不知是有意还是无意，她的目光停留在一个人的身上。

林方艳一直单手托腮听着，见严凤珍盯着自己不说了，欠了欠身将身体靠向椅背，也把视线定格在严凤珍身上。

这时很多人催促严凤珍接着讲，严凤珍这才接着说道："当时我来做记录，王老师监票，还有一个唱票人。不知道大家对这个唱票人还有没有印象，王老师的监票形同虚设，事后也没有验票，这给了那个唱票人为所欲为的机会。她和吴曼她们一样在心里对陈宁充满了嫉妒，但和吴曼她们不一样的是，她同时还是张大可的暗恋者，基于这两点，她更希望张大可能够当选班长。于是，在唱票时，她故意把一些投给陈宁的票念成其他人，这就有了张海明他们八个人得到的八票。但是，她逐渐意识到这样做并不足以让张大可赢得选举，到后来她干脆直接把投给陈宁的选票念成张大可的名字。她自以为神不知鬼不觉，其实不论神鬼都看在眼里。"

那个唱票人是林方艳，在严凤珍讲完这段话的时候，我几乎同时回忆起了这个细节，我和严凤珍一起把目光射向林方艳。

在听严凤珍讲述的时候，林方艳一直没动声色，脸上没有任何表情变化。

"说话要有证据，你有吗？"林方艳不温不火地问严凤珍。

严凤珍回应道："我还是那句话，真实的情况你我心里有数，已经发生的事情是谁都改变不了的。"

"这些你是怎么知道的？"我又一次问。

严凤珍说："我爸爸和陈宁的爸爸都是造船厂的，我们两家住在同一栋家属楼里。从小学起，我和陈宁就一起上学下学。我相信陈宁给大家留下的最深刻印象是美丽，尤其是她那双清澈透明的大眼睛，那是一双非常让我羡慕和向往的大眼睛。我总喜欢盯着她的眼睛看，但是，有一次，我偶然发现，在陈宁的眼睛里我看不到自己的身影。我依稀记得，小时候听奶奶说过，只有将死之人和鬼在别人的眼睛里才看不到自己的影子。意识到自己将不久于人世，我害怕极了。为此，只要一有机会我就盯着陈宁的眼睛看，我希望在上面看到自己的影子，可每次得到的都是失望的结果。

"班长选举结束的那天放学后，陈宁没有和我结伴一起走，而是一个人跑在回家的路上，她的速度很快，我担心陈宁出意外，一直跟在她后面跑，却一直没追上。陈宁跑到凤鸣街那个十字路口时没注意看红绿灯，被一辆疾驰中的大货车撞飞了，在陈宁飞起来那一刻，我猛然想起，其实是我记反了，奶奶当年说的是只有在将死之人和鬼的眼睛里才看不到自己的影子。"

"哦，原来是你动作太慢，如果你早点追上陈宁的话，就没事了，陈宁的死你也是有责任的。"吴曼总算找到了突破口，大声斥责严凤珍。

"这一点我不否认。"严凤珍坦然道。

"哼，说得倒轻巧，还回过头来把屎盆子扣到我和林方艳头上，真够可以的。"吴曼不屑地说道，有几个女同学也跟着附和着批评严凤珍。

在这个过程中，我又发现了严凤珍身上新的问号，我是这次聚会的组织者，在半年之前就和同学们陆续取得了联系，但这其中却不包括严凤珍，她自从转学后就和大家断了联系，这次聚会是谁通知她参加的呢？加上之前她一直不正面回答的那个问题，她似乎是一个谜一样的存在。

"你刚才说的那些，有很多好像你根本就没机会知道。"我换了一种问法，重新向严凤珍问出了之前那个问题。

严凤珍定定地看着我，缓缓说道："既然你那么想知道这个问题，那就仔细看着我的眼睛吧，答案就在我的眼睛里。"

我浑身为之一颤，我好像已经知道了问题的答案，可还是不由自主地向严凤珍的眼睛望去，答案果然藏在她的眼睛里。

第三种可能

下了公交车，还要走一段不远也不算近的路，我习惯一下车就点上一根烟，边走边抽，等烟抽得差不多了，我家所在的那排筒子楼也就自然出现在视线可及的地方。每天下班后都是如此，途中会路过一所小学，已经连续好几天了，一位大叔在校门口向我借火，今天也不例外。

"喂，小伙子，能借个火吗？"

待我走近，原本坐在马扎上的大叔站了起来，手上夹着一根烟和蔼地问道。

我停下脚步，怔怔地望着大叔的脸，他始终微笑着，目光犹如春天般温暖。我从裤兜里缓缓掏出打火机，送到大叔面前打着了火，大叔忙不迭地把烟按到嘴上再探头将烟头送到火里，他的五官很硬朗，即使只看正面也是立体感十足，尤其那高挺的鼻子，耸立在脸中央有一种说不出来的威严感，一头黑白相间的头发又让大叔平添了几分沧桑感。

大叔猛吸了两口后，烟头红了，他把那根烟从嘴里抽离出来后向我道谢，我以微笑回应，然后我们错身而过。

有两次，大叔在向我借完火之后，我把打火机顺势放到他胸前的衣兜里，可都被他又掏出来交到我手里。我确信他是故意坐在那里等我，却搞不懂他为什么要那么做。大叔似乎并没有恶意，但我一点也不喜欢他，他又勾起了我学生时代那段痛苦的回忆。

初中时，在我们学校附近，每天早晨都有三个混混站在那里等着我，为首的混混叫老黑，以打架手黑闻名。他们盯上我是有原因的，一方面我身上总是会有很多零花钱，在我十二岁那年，爸爸死于一场海难事故，得到一大笔赔偿金，从那之后，妈妈对我格外宠爱，每天都会给我很多零花钱。另一方面，我那个时候太懦弱了，每次老黑他们向我要钱的时候，我都给得特别痛快，自己就像一头小绵羊一样任由他们宰割，我害怕他们的拳脚，也不敢把遭遇告诉任何人。可是，我的逆来顺受换来的却是老黑他们没完没了的勒索，上学对我来说是一件极其痛苦的事情。这样的日子持续了一年多，奇怪的是，突然有一天，老黑他们停止了对我的勒索。我经常会在学校附近看到他们几个，但我对他们而言仿佛成了空气，我至今都不知道这是为什么。

没有了老黑的困扰，我在学校依然过得不快乐。班上一个叫文倩的女混混带给我的那个奇耻大辱，让我一辈子都无法忘怀。一天下午上自习课，我在一张纸上信手涂鸦，还随手写上了一直暗恋的一个女生的名字，并且在名字旁边画了一颗心。文倩不知道什么时候悄悄来到我身后，她一把夺过那张纸。她总是喜欢欺负我，不是故意踩我的脚，就是有事没事拍我脑袋一下，我从不反抗。但这次不一样，我必须把那张纸抢回来。于是我在后面追，她在前面跑，我们俩在教室里追逐起来。后来她指使两个男生把我拦住，她要公布纸上的内容。

"你们想知道，徐晓峰在纸上写了什么吗？"文倩高喊道。

众人起哄道："快念快念。"

我感觉脸上一阵阵热浪翻滚，却动弹不得。

"徐晓峰写，他喜欢……"

文倩卖起了关子，眼睛死死地盯着我。然后在大家的起哄声中一字一顿地对着那张纸念道："他喜欢，穆——婷——婷。"

教室里一下子炸开了锅，我感到无地自容。接下来的事情大大出乎我的意料。

"就你这个德行，还惦记人家穆婷婷。"

文倩径直走到我面前，劈头甩了我一记重重的耳光。我被她打蒙了，大脑一片空白。以前她只是捉弄我，从没动手打过我，这也是我第一次当众挨打。

"你们都放手。"

文倩喝令那两个男生松开我，然后左右开弓连打了我五六记耳光。我被打急了，抢起拳头要还手。

文倩瞪着眼睛把半边脸贴到我跟前。

"来来来，你打，你打，我看你今天敢动我一根手指头。"

僵持了片刻，我放下拳头认尿了，顶着全班同学嘲笑的目光，我含着委屈的眼泪回到自己的座位上。那是我永生难忘的一幕，从那以后，我就成了班里的笑谈。从这个意义上讲，文倩带给我的伤害远比老黑深得多。所以，我发誓永远不会原谅她。

很多年以后，有一次我和文倩在商场里偶遇，她扎了一个马尾辫，远远地看到我，冲我挥手，喊我的名字跟我打招呼。我看都没看她，直接和她错身而过。还有一次，我们初中同学聚会，我和她都去了，刚开席，她就站起来端着杯子单独敬我酒。

我坐在那里纹丝不动，十分冷淡地说："我不喝你敬的酒。"

气氛一下子尴尬起来。

文倩不甘心，和颜悦色地说道："老同学，以前我有对不住你的地方，今天咱们同学都在这儿，我诚恳地向你道歉，就喝这一杯行吗？"

我根本没心情听文倩说话，自顾自地和身旁的同学闲聊起来，把她晾在那里。随后好几位同学替她打圆场，但我始终没给面子，我真的无法释怀。

自从妈妈两年前因病去世后，家里就只剩下我一个人，我已经习惯了晚上一个人在空荡荡的屋子里发呆想心事。我躺在床上没琢磨明白那个大叔到底用意何在，还翻开了过去那段不开心的记忆，心情很不好。立秋之后，夜里依然闷热，我起身来到卫生间洗了一把脸，卫生间的墙上有一面大镜子，我无意中看了一眼镜子里的自己。看到自己的鼻梁骨在镜子里呈现出一条笔挺的直线，一道电光从脑海中划过，没错，我鼻子的形状和那个大叔的几乎一模一样。仔细又回忆了一下大叔的五官轮廓，其实我和他长得很相像，有一种莫名的兴奋袭遍全身。我仿佛意识到了什么，但还有很多事没想明白。

我用一个深呼吸让自己冷静下来，在将所有的线索梳理了一番之后，竟然有了一个惊人的发现。我翻出了爸爸以前的照片，在脑海中和那个大叔做着比对，再一次确信自己的发现没有错，那个大叔很可能就是爸爸。在那场震惊中外的海难事故中，有很多死者的遗体并没有被找到，爸爸就是其中之一。他很可能并没有死，但是在得知死者会得到一笔不菲的赔偿金后，为了彻底改变家庭贫困的现状，选择悄悄藏匿了起来。我为自己这个大胆的设想激动不已，迫切地想要和那个大叔当面对质。

244

一夜未眠之后，我又心不在焉地熬了一个白天，终于坚持到下班。可是，当我怀着忐忑不安的心情，来到那所小学门前时，却没见到大叔的身影。此后一连数天都是如此，大叔像人间蒸发了一样。

难道他发现了什么吗？一天晚上，我又躺在床上琢磨这件事。他很可能意识到我发现了他的秘密才躲开的，他为什么不敢和我相认呢？这些年来，他一定躲在一个离我和妈妈不远的角落里，静静地关注我和妈妈。我忽然想明白了一件事情，老黑他们之所以突然停止了对我的勒索，一定是因为爸爸教训了他们。一定是这样的，想到这儿，我不禁热泪盈眶。也突然间有了方向，我可以去找老黑来证实这件事情。

一辆综合执法车停在了路边，周围摆地摊的小商贩们立刻如鸟兽散般四处逃窜，一个卖拖鞋的男子用一条破床单卷起地上的拖鞋背上就跑。拖鞋男有些跛脚跑得并不快，没几步就被一个城管追上了。那个城管没去揪他的那个破床单，而是从后面伸出一只脚故意一绊，拖鞋男直接摔了一个狗吃屎，破床单也被甩了出去，里面的拖鞋掉落了一地。拖鞋男爬起来后赶紧去捡拖鞋。

"告没告诉过你，这里不让摆，你长的是脑子吗……"

城管呵斥道，拖鞋男全然不理会，只顾得低头捡拖鞋。等拖鞋全都拾掇到破床单里之后，拖鞋男才转头向城管告饶，一个劲地赔笑说好话。很反常，那个城管并没有没收拖鞋男的拖鞋，只是对他恶语相向并且连推带搡的。

我历尽周折，终于了解到老黑的具体下落，却很难将眼前这个猥琐的拖鞋男和过去那个威风八面的老黑联系在一起。这一刻，我忽然不恨他了。可能是因为我马上将要从他的嘴里确认爸爸的信息，也可能是因为过去他只是恐吓过我、威胁过我，并没有动手打过我，这和文倩是有着本质上的区别的。

随着综合执法车载着一车战利品慢慢远去，老黑脸上堆积的笑容一点点散去直至扭曲，他狠狠地朝地上啐了一口痰，我快步走到他跟前。

"你好，老黑。"

老黑斜睨了我一眼："你谁啊？"

我说："算是一个老朋友吧，想找你聊聊。"

老黑说："有什么好聊的，是不是我以前欺负过你，找我报仇来了？"

我说："你误会了，只是随便聊一下而已。"

老黑哼了一声："别以为我不知道你们这些人都是怎么想的，看到刚才那个城管了吗？是我过去的小弟，原来没少挨我的揍，现在翻身了天天来耍我。"

老黑说着又要开始摆起摊来，我从手包里拿出五百块钱递给老黑。

　　"这些拖鞋我全包了。"

　　在金钱的刺激下，老黑答应和我聊一聊。我们在附近找了一个水吧坐下，但聊的结果却没有达到我的预期。我希望老黑告诉我，当年是有一个中年男人替我出头，警告老黑不许再欺负我，老黑他们才收手的。可是老黑却说印象中根本没有这回事，而且当年他抢过很多人的钱，又过了那么久，很多事情都记不起来了。

　　其实他说得也没错，毕竟过去了十几年。但我不甘心，一个劲地要他再仔细回忆一下，后来他总算回忆起了一件事情。

　　"肯定不是你想的那样，想当年，我就没被人揍过，都是我去揍别人。"

　　一提到当年，老黑那双死鱼一样的眼睛里又有了些许神采。

　　"当时发生了一件事，我就再也没抢过别人的钱。那天早上，我带着两个小弟在街上晃悠，在一个胡同口，一个男生被我们截住。那个男生穿着七十三中的校服，个子不高，手里拎着一个透明的塑料包，里面装着一个饭盒。奇怪的是，他像刚从水里捞出来一样，浑身上下湿漉漉的，他前额的头发很长，耷拉下来紧贴在脑门上几乎盖住了半边脸，脸色煞白煞白的看起来像个病秧子。我让男生把身上的钱都交出来，他对我的话充耳不闻，像个木偶一样戳在那里，我抬手打了他两巴掌，他没有任何反应。我认定

247

他就是一软蛋，让身旁的小弟上去搜身。男生面无表情没有丝毫反抗，很快就被从里到外搜了个遍。他身边的钱不多，而且都是湿的，除此之外，还搜出一串钥匙，一张公交月票和一台摩托罗拉牌汉显 BP 机，可惜 BP 机被水泡过了，无法正常开机，那张公交月票也被水泡得厉害，塑封都被泡开了，里面的照片和月票贴一片模糊。

"一个小弟随手抢过男生手里的那个塑料包，掏出里面的饭盒，随手打开了饭盒，没想到的是，在饭盒被开启那一刻，一股恶臭从里面喷涌而出，那个小弟一下子松了手，饭盒里洒出一地的黑色液体。我亲眼看到那团黑色液体里有无数条蛆在拼命蠕动。我们三个人被恶心坏了，齐刷刷地蹲到地上剧烈地呕吐起来。等我们吐完了，起身后发现那个男生竟然不知道什么时候逃走了。

"我当时并没有太在意，还暗自窃喜抢到了一台 BP 机。当天上午，我拿着 BP 机去维修，很快 BP 机就修好了，之前的一些内容也被显示了出来，我看过之后惊出了一身的冷汗。上面的信息显示，机主名叫张贝，小名贝贝，他好像失踪了，有很多人都问他去哪儿了。我托人问了一下七十三中的人，果真有一个叫张贝的初二男生，在一个多月前失踪，至今没找到人。事情开始诡异起来，我越想越觉得不对劲，七十三中在城南，在早上那个时间段，张贝如果去上学的话，绝不应该出现在那个胡同口。而且，他的那张公交月票也有问题，虽然被水泡过了，但还是能一眼看出来，是单月的月票，当时却是在双月里，再联想到张贝被抢劫时的种种反常举动，更加让我断定，我们遇到的张贝恐怕不是一个活着的人。我有些害怕了，于是报了警，结果后来警察在我们抢劫张贝的那个胡同口附近的一个下水井里发现了张贝的尸体，据说尸体被捞上来时已经被水泡烂了。即便如此，我还是大病了一场，从那之后，我再没有干过拦路抢劫的事。"

这件事听起来十分骇人，却一点都提不起我的兴趣。由于事隔太久，老黑忘记了事情发生的具体时间，无法和他停止对我勒索的时间节点衔接起来。或者说我不希望得到这个结果，我还是希望是爸爸当年在暗中保护了我。我把手机号码留给老黑，让他回忆起什么了再给我打电话。

我特别渴望下班后能在路过那所小学门口时和那个大叔再次相遇。我等了一天又一天，最后，终于还是让我等到了。

那天，我慢慢悠悠地走在回家的路上，远远地看到学校门口空无一人，心里一阵失落。正当我以为又一次要失望而归时，身后却响起那个期盼已久的声音。

"小伙子，能借个火吗？"

我如同触电般迅速转身，看到那个大叔笑盈盈地望着我，手上却并没有烟，他身旁站着一个年轻小伙子。

"这是我儿子，在国外待了七年，前几天刚回国。"大叔指着那个小伙子向我介绍。

我利用和小伙子握手的间隙，仔细打量了他一番，惊奇地发现他的五官和我竟然有几分相似，确切地说，是我和大叔、小伙子三个人长得有些像。

我恍然大悟，却又怅然若失。怔怔地望着他们爷俩走远，我听到大叔和儿子说话的声音："怎么样，和你长得很像吧！"

希望就这样破灭了，过了好一会儿我才重新迈开脚步。这时，手机响了，一看是老黑发来的短信，上面是这样写的：哥们儿，我想起来了，是一个叫文什么来着的女生，让我不许再抢你钱的。

我不敢相信自己的眼睛，仔细回忆了一下时间节点，老黑他们停止勒索的事发生在文倩打我之前，我突然想起那次同学聚会行将结束时，一个和文倩一直要好的女同学单独对我说的一句话："徐晓峰，你从来都没有想过吗？文倩为什么会在发现你喜欢穆婷婷后那么生气？"

250